BUR
LA SCALA

DACIA MARAINI

Mio marito

BIBLIOTECA UNIVERSALE RIZZOLI

ISBN 88-17-10631-3

prima edizione BUR La Scala: ottobre 1999

MIO MARITO

Mio marito è biondo, ha la fronte stempiata, i denti freschi, la pelle chiara macchiata di lentiggini grosse e brune. Mio marito è un uomo elegante, veste con cura, e ha la testa sempre profumata di sapone alla colonia. Mio marito lavora in una banca, fa il cassiere e guadagna centoventimila lire al mese.

Quando mio marito parla, io lo ascolto attentamente. La sua voce è velata, opaca, leggermente di testa. Le cose che dice sono sempre molto precise e giuste. Non gli ho mai sentito dire niente di anormale e di sbagliato.

Mio marito è amato dagli amici, stimato dai superiori. Quando vuole sa anche essere un uomo di mondo. Si siede in mezzo a un circolo di gente e chiacchera, discute. Difende la verità, modera la foga degli amici, sempre ispirandosi a un perfetto buon senso.

Mio marito è un uomo di spirito, ama fare gli scherzi. Qualche volta mi fa trovare un rospo dentro il letto o mi mette la marmellata nelle pantofole. Una volta mi ha perfino servito a tavola un dolce fatto da lui con dentro un topo morto.

Mio marito fa collezione di francobolli. Qualche volta ruba la posta dei vicini per ritagliarvi i francobolli per la sua collezione. Possiede due album grossi come elenchi del telefono, pieni zeppi di francobolli preziosi. Dice che un giorno venderà i suoi francobolli e coi soldi ci faremo una casa in campagna.

Oltre ai francobolli, mio marito tiene in quei suoi album dei biglietti nuovi, appena stampati dalla zecca. Dice che il primo biglietto di una nuova serie porta fortuna. Perciò li sottrae di nascosto dalla cassa, li infila dentro delle bustine di carta trasparente azzurrina e quindi li incolla con una linguetta di gomma alle pagine dell'album.

I suoi colleghi lo considerano un uomo molto saggio e intelligente; vengono da lui a chiedere consiglio, a confidarsi. Vengono soprattutto la domenica. Sono io che vado ad aprire. Quando mi trovo davanti una faccia sprezzante e ottusa che gira gli occhi nervosamente, so che si tratta di un collega di Mario e lo faccio subito passare in salotto.

L'uomo mi segue, si ferma sulla porta, guardandosi intorno incerto. Se è già venuto altre volte, si dirige con sicurezza verso la poltrona di fondo, lontano dalla finestra; se è la prima volta, aspetta in piedi con le mani in tasca che io gli dica dove sedersi.

Il nostro salotto è molto buio, le persiane sono sempre accostate perché Mario dice che la luce schiarisce i mobili. Cosí gli ospiti appaiono un po' intimiditi e impauriti quando io apro la porta che divide il salotto dal corridoio.

Ce n'era uno che veniva tutte le domeniche fino a poco tempo fa. Era piccolo e rosso, con dei ricci scarlatti che gli scappavano fuori dai polsini della camicia. Veniva a parlare della moglie, la quale andava a letto col direttore della banca. Nei primi tempi, quando il ragazzo rosso cominciava a parlare della moglie, si scalmanava, dava dei pugni sui mobili, gridava. Il suo problema era grave: se voleva conservare il posto in banca, doveva fingere di non sapere quello che succedeva fra sua moglie e il direttore. La cosa lo turbava molto e gli impediva di dormire e qualche volta anche di mangiare.

Ma Mario ha trovato la maniera di consolarlo. Gli ha parlato a lungo, con la voce morbida e persuasiva, rinunciando a uscire per restare a chiaccherare con lui e trattenendolo perfino a cena per tre volte di seguito. Questo amico, da pallido e rabbioso che era, è diventato roseo e sereno.

"Ha ancora degli angoli di tristezza negli occhi. Ma glieli sgombrerò. Tu preparaci un buon caffè, Marcella. Voglio che quando uscirà di qui si senta veramente un altro."

Mario l'ha convinto (i suoi ragionamenti erano cosí belli che io stessa ne ero incantata) che il direttore è un uomo superiore, un angelo.

"Può un angelo essere accusato di immischiarsi nelle cose umane?"

"No. Ma se non fosse veramente un angelo?"

"Come, dopo tanti giorni di cura, e dopo avere tanto parlato di lui e delle sue qualità che sono tutt'altro che umane... Credevo che tu ne fossi convinto."

"Io sí. Ma qualche volta mi viene il dubbio..."

"I dubbi appartengono ai deboli. L'uomo forte non ha dubbi. L'uomo forte agisce in armonia con se stesso; il suo cuore, la sua testa, il suo fegato, persino gli intestini devono essere in armonia col suo agire. Sei convinto di questo?"

"Credo di sí."

"Bene. Io ti chiedo ancora, può un angelo essere considerato un perturbatore delle cose umane?"

"No, certo."

"Infatti un angelo è un angelo. Non può che fare del bene. Dovunque si posino le sue ali, ne deve nascere felicità e candore."

"Lui forse è un angelo. Ma mia moglie non lo è affatto."

"Tua moglie non è un angelo. Ma la sua frequentazione con un angelo non può che renderla migliore, piú pura e armoniosa."

"Mia moglie non è armoniosa."

"Tua moglie non è armoniosa, ma potrebbe diventarlo. Vicino ad un uomo armonioso, la sua natura perderà quei caratteri di goffezza morale e intellettuale che le sono propri. Piano piano si libererà delle sue debolezze e tu stesso poi stenterai a riconoscerla. Sarà un'altra."

"Ma io ho sposato lei. In fondo mi basta che sia lei, cosí com'è."

"Tu mi scoraggi Carlo. Tu non ami abbastanza il bene, come io credevo e sei attratto dal male, dal disordine e dall'oscurità."

"Ti giuro di no."

"Allora ascoltami. Da domani tu osserverai il direttore. Cerca di stargli il piú vicino possibile, cerca di raccogliere il suono della sua voce, cerca di guardare come cammina, come si muove, come si china sui tavoli coperti di carte. Se tu saprai strappare dai tuoi occhi quel velo di indifferenza e di passività, se tu saprai vedere col cuore, scoprirai la sua natura di angelo."

"Io l'ho guardato tante volte, ma non ho mai scoperto niente di speciale in lui."

"Perché tu sei intossicato dalla malvagità come gli altri colleghi. Tu li conosci, sai come sono volgari e stupidi. Per loro un direttore è un direttore, un cassiere un cassiere e un postino un postino. Per loro l'apparenza è l'unica cosa che conta. Non c'è altro al di là dell'apparenza."

"È vero che sono stupidi. Passano il tempo a raccontarsi barzellette sporche e a fare commenti sulle clienti che entrano."

"Lo vedi, lo riconosci anche tu. Vuol dire che sei diverso da loro, superiore. Ti stai già disfacendo della normalità. E presto ti sarà del tutto chiaro come i nostri colleghi sono delle bestie e lui, il direttore, uno spirito nobile e puro. Allora ti sembrerà perfettamente giusto che tua moglie e lui si cerchino e si amino, come si cercano e si amano le cose belle e giuste."

"Tutto questo va bene. L'unica cosa che non va è che se io protesto lui mi manda via."

"Questo è un tuo pensiero malvagio. Il direttore non manda via nessuno per delle ragioni cosí basse. E poi perché dovresti protestare, se sei convinto che questa unione non è che per il bene? Può un angelo fare del male? No. Quindi acconsenti, sii superiore, sii diverso da quelle bestie dei tuoi colleghi che non vedono a un centimetro dal loro naso. Tu stesso dovresti condurre tua moglie da lui, perché ne ritorni piú pura e armoniosa."

Mio marito parla con facilità e tutti lo ascoltano affascinati. Non solo è riuscito a convincere quel collega a cedere volontariamente la moglie al direttore, ma ne ha convinti molti altri a fare delle cose ancora piú incredibili. Un amico che aveva un figlio scapestrato e veniva a piangere nel nostro salotto, ha finito per convincersi che il figlio non era suo e quindi non si è piú disperato, ma l'ha cacciato di casa. Due giorni dopo quel ragazzo si è ucciso. Il padre è venuto qui torcendosi le mani. Mario l'ha convinto che quello che era successo provava che il figlio era veramente di un altro e che il male non può portare che al male: la morte.

Un altro veniva la mattina presto, si sedeva in salotto e rimaneva lí fino a sera, fumando una sigaretta dopo l'altra. Mario qualche volta si dimenticava di lui, usciva, rientrava. Nel salotto buio soffocante di fumo, l'uomo aspettava in silenzio, accendendo una sigaretta dopo l'altra. Non aveva niente. Non era malato, né povero, né angustiato dalla famiglia come gli altri. Era soltanto stanco di vivere. E voleva morire. Ma non sapeva come. Ogni tanto scopriva un nuovo veleno e si appassionava alla preparazione di questo veleno; consultava libri, faceva prove su topi e altre cavie, ne parlava a lungo a Mario tracciando disegni su un pezzo di carta. Illustrava con dei pupazzi l'azione del veleno sul corpo, in tutte le fasi, dall'intossicazione alla morte. Sotto, con piccole cifre, indicava i minuti che occorrevano perché il veleno facesse effetto. Ma quando sembrava che tutto fosse chiaro e pronto, smetteva di occuparsene e non ne parlava piú fino alla scoperta di un altro piú potente veleno.

Mario diceva che era un caso difficile. Le parole non avevano presa su di lui. Non sapeva ascoltare. Era sempre inerte e passivo. Si accendeva solo quando si parlava di veleni.

Cosí Mario lo lasciava fumare, affondato nella poltrona del nostro salotto e si fermava raramente a parlare con lui.

"Preparagli un buon caffè, Marcella, ne ha bisogno."

Io gli preparavo il caffè, glielo portavo. L'uomo ringraziava. Ma quando tornavo a prendere la tazzina, mi accorgevo che era ancora piena e l'uomo si era mosso solo per accendersi un'altra sigaretta.

"Credi che rimarrà sempre da noi?"

Quello che mi dava fastidio era soprattutto quel puzzo di fumo che invadeva la casa e impregnava i mobili, le tende. Per il resto, era come se non ci fosse.

"È un uomo strano. Assomiglia piú a un morto che a un vivo. Capisco che si voglia ammazzare. La morte sarebbe la sua condizione naturale. Bisogna aiutarlo. Ma come?"

"Oggi mi ha parlato di un veleno che si ricava dal sangue di un parassita."

"C'è qualcosa di storto in lui; qualcosa che lo trattiene in vita, ostinatamente, nonostante la sua volontà di morire. Vorrei capire cos'è."

"Forse vuole solo parlarne, ma non veramente morire."

"È un uomo che è già morto, te l'ho detto. Quello che continua a vivere in lui è un'escrescenza, un'anomalia, qualcosa di torbido ed inutile che va distrutto."

"Perché non lo convinci con le tue belle parole?"

“Perché non sente. Le sue orecchie sono morte.”

Mio marito cominciava a soffrire per il caso del suo amico che non riusciva ad uccidersi. Era diventato nervoso. Forse perché dubitava del suo potere. La notte si girava nel letto senza riuscire ad addormentarsi.

Un giorno sono usciti insieme lui e il suo amico. Li aspettavo a cena tutti e due. Ma alle dieci non erano ancora tornati. La cena si raffreddava. Ho cominciato a mangiare del pane, per calmare la fame. Ho anche bevuto un bicchiere di vino. E poi credo di essermi addormentata. Verso mezzanotte il rumore della chiave nella toppa mi ha fatto sussultare.

“Sei tu Mario?”

Non mi ha risposto. Un momento dopo l’ho visto entrare, spettinato e arrossato dal freddo, gli occhi luccicanti di contentezza.

“E il tuo amico?”

“È morto.”

“Si è suicidato?”

“Sí. Adesso è veramente quello che è. Non finge piú.”

“Come è successo?”

“Abbiamo passeggiato per la città. Mi parlava sempre dei suoi veleni. Poi siamo saliti in cima a una casa in costruzione. All’ultimo piano. La casa era su una collinetta, dritta in piedi su una scarpata che finisce nel fiume. Ci siamo seduti su un muretto fresco di cemento e ci siamo messi a fumare. Abbiamo fumato per due, tre ore. Io avevo le dita intorpidite e un freddo alla schiena che mi sentivo svenire. Lui non sentiva né il freddo né lo scomodo. Guardava affascinato la scarpata sotto di noi. Non vorresti buttarti giú? gli ho chiesto. Vorrei ma non posso. Perché? gli dico. Perché io stesso non posso fare del male a me stesso. È innaturale. E allora cosa vorresti? Mi dai una spinta? dice."

"Ha detto cosí?"

"Sí, cosí. Se sei un vero amico, dammi una spinta e io finalmente sarò contento. Non c'è bisogno che mi preghi, gli ho risposto. Io sono venuto qui apposta per questo, per portarti sul cornicione e per darti una spinta. Tu veramente mi vuoi bene, ha detto, perché tu capisci me stesso meglio di me. Il mio compito è di capire gli altri e di assecondarli ad essere coerenti con se stessi, senza mai tradirsi. Grazie, mi ha detto. Fammi accendere un'ultima sigaretta. Fai con comodo. Abbiamo tanto tempo. Ha acceso la sigaretta, ha tirato qualche boccata, poi, sempre con la sigaretta fra le labbra, è salito in piedi sul muretto. L'ho spinto con due dita. È bastata una spinta leggerissima. È andato giú da solo. Ha fatto un volo molto bello e molto elegante. È rotolato leggermente sulla scarpata e poi è finito nel fiume. Non poteva morire meglio."

Mio marito è talmente preso della sua missione che qualche volta dimentica persino di prendersi le vacanze. Quest'anno per esempio non ci siamo mossi da Roma. Io avrei voluto lasciare questa casa buia e silenziosa, come facciamo ogni anno, per trascorrere una ventina di giorni a Riccione, in casa dei suoceri; ma non ho voluto disturbarlo. So che ha dei casi difficili che non può lasciare.

In questi giorni per esempio c'è un ragazzo che frequenta il nostro salotto, un tipo asciutto e nero, con la faccia rattrappita e due rughe profonde attorno alla bocca. Dice che ha l'istinto di rubare. Per questo ha la faccia cosí contratta; per lo sforzo di dominare questa passione. Il ragazzo dice che il suo desiderio di rubare è piú forte di tutto e che quando è preso dalla tentazione, sarebbe disposto a morire, pur di non rinunciare a soddisfarlo.

Mario è un uomo che ama l'ordine, le regole, le cose ben fatte. Ha un'idea molto severa e molto precisa dei doveri di un cittadino. Perciò si è dedicato con una cura particolare a guarire il ragazzo. Ma finora non ci è riuscito. Dopo tanti giorni di cura, il ragazzo è tornato a rubare.

"Stanotte mi è venuta un'idea geniale."

"Cosa?"

"Sai cosa facevano gli antichi quando un uomo rubava?"

"No."

"Gli tagliavano una mano."

"Perché?"

"Per punirlo. Se la tua mano non sa ubbidire al tuo cervello, tagliala. Cosí dice la Bibbia. Credo che questa sia l'unica strada."

Sempre piú mi convinco che Mario ha le qualità spirituali di un mago. Come il sacerdote di una religione terribile e arcaica, non prova né pietà né incertezza. E la sua sicurezza è contagiosa, a tal punto che tutti finiscono per fare la sua volontà.

Mario ha convinto il ragazzo che per guarire in maniera definitiva della sua passione, deve tagliarsi una mano.

Questa mattina sono usciti tutti e due prestissimo per andare alla segheria di un amico.

Lí, alla presenza di Mario, il ragazzo bruno si mozzerà una mano con un colpo di sega. E dopo verranno qui a bere un caffè.

Cosí mi hanno detto. Ma penso che il ragazzo avrà bisogno di bende e di sonniferi anziché di caffè. Gli ho preparato il letto sul divano del salotto, dove siede di solito. Accanto, sul tavolinetto di vetro, ho preparato dei calmanti, delle fasce e un bicchiere di cognac.

La cosa piú bella da vedersi sarà la faccia di Mario, pulita e felice; la faccia di un uomo che ha compiuto il proprio dovere.

IL LETARGO

Fino a pochi mesi fa mi paragonavo a una lumaca senza guscio. Infatti io strisciavo sulle cose, ferendomi ad ogni movimento, senza riuscire a sollevarmi su di esse. Della lumaca senza guscio avevo i movimenti lenti e orizzontali, il corpo allungato e goffo, inespressivo.

In piú ero come scorticata. Quello che strisciava e urtava e si intrideva delle cose, non era un corpo ben levigato e scivoloso, ma un corpo senza pelle, dalla carne scoperta e dolorante. Per questo io soffrivo e mi aggiravo ciecamente e ottusamente alla ricerca di un riparo senza mai trovarlo.

Per un certo periodo mi sono ostinata a chiedere consolazione ai miei. Infatti vivevo con loro e non mi staccavo mai da loro. Ma in realtà loro non mi hanno mai aiutata e poi sono morti tutti e due contemporaneamente, a pochi giorni di distanza, e cosí mi sono trovata del tutto sola.

Si può dire che ho imparato a vivere proprio nel momento in cui loro morivano. Una mattina infatti in cui ero seduta accanto al letto di mia madre agonizzante e la guardavo con gli occhi allargati dalla pena e dal disgusto, improvvisamente ho sentito che l'estrema tensione e la paura e l'orrore di quello che stava succedendo mi ipnotizzavano. Le mie pupille fisse su un lembo del lenzuolo si sono addormentate. Il mio corpo non dormiva, e neanche la mia mente che continuava a lavorare lentamente e circolarmente come se digerisse cibi pesanti e grassi. Ma i miei occhi dormivano e con loro i miei sensi.

Credo di essere rimasta cosí immobile e assente per piú di due ore. Quando sono tornata in me, ero riposata e sollevata, mi sentivo quasi forte. Nel frattempo mia madre era morta.

Da quel giorno ho cercato di praticare volontariamente questo metodo. Da principio è stato difficile, perché non riuscivo a raggiungere quello stato di tensione e di nausea che mi permettevano di dormire da sveglia. Ma dopo lunghi esercizi e faticose prove, sono arrivata quasi a dominare il mio corpo.

Quando è morto mio padre, non avevo ancora raggiunto la completa padronanza della mia sensibilità. Ricordo una notte lunghissima in cui a brevi intervalli di sonno ipnotico si alternavano interminabili dolorose attese. Infine, verso mattina, ho cominciato a piangere e man mano che le lagrime mi scivolavano sulla faccia e sul collo, scoprivo che tutta la forza di cui avevo bisogno era lí, attorno alle palpebre e sotto i globi umidi, fra l'arco delle sopracciglia e il setto nasale. Bastava che io raccogliessi quella forza al centro delle iridi e la proiettassi fuori di me per liberarmi di ogni dolore.

Qualche giorno dopo è cominciata la mia nuova vita. Ho messo in ordine la casa, ho gettato via alcuni vecchi mobili ingombranti, ho tirato giú le tende pregne di polvere e le ho lavate; ho bruciato tutti i giornali e le riviste che mio padre aveva ammucchiato nel suo studio di avvocato; ho buttato via tutti i vecchi vestiti di mia madre, i ciondoli, le cianfrusaglie che riempivano i cassetti e gli armadi.

Il denaro lasciatomi in eredità è finito dopo poche settimane; cosí mi sono messa alla ricerca di un lavoro. Ho letto un annuncio sul giornale e mi sono presentata. Assieme con me si sono presentate altre venti ragazze. Ma ho capito subito, appena le ho viste, che avrebbero scelto me; perché mentre loro cercavano di mostrarsi belle, di distinguersi l'una dalle altre con belletti e stivaletti alla moda, io non facevo nessuno sforzo per apparire quella che sono: una ragazza non troppo giovane né vecchia, non bella né brutta, laboriosa, onesta, attenta, pignola e seria, tutte qualità ideali per una impiegata di un ufficio di collocamento.

Come avevo immaginato, dopo averci esaminato tutte, hanno finito per scegliere me e mi hanno subito messa al lavoro dietro un tavolo coperto di carte.

Le mie compagne non sono cosí contente di me come lo sono i miei superiori: il mio silenzio e le mie mosse automatiche le sconcertano. Ma ormai si sono abituate e fanno come se io non ci fossi. Solo qualche volta mi prendono in giro per la mia puntualità, per la mia pignoleria, per i miei occhi assorti e semiciechi.

Il fatto è che mi sto allenando a dormire, anche quando lavoro e devo dire che ci sono quasi riuscita. Alle volte il risveglio è improvviso e penoso; soprattutto se qualche compagna mi tocca una spalla o mi urta senza volere o mi ride nell'orecchio per farmi dispetto. Allora sussulto e vengo presa da una febbre che dura per fortuna pochi secondi ma che mi lascia spossata e fiacca.

Quando non lavoro, sto a casa, seduta su una sedia in cucina e dormo. I miei occhi restano aperti e potrei anche parlare e muovermi o eseguire qualche semplice lavoro manuale, mentre le mie pupille risucchiano in sé tutto il vigore del mio corpo e lo trattengono sospeso come in un limbo sonnolento e immobile.

Alle volte mi dimentico perfino di mangiare. Giorni fa sono svenuta per la strada. Per fortuna non ho sbattuto la testa. Mi sono sentita mancare e mi sono appoggiata al parafango di una Seicento. Un attimo dopo ho perso la conoscenza. Quando sono rinvenuta ero stesa su un lettino del Pronto Soccorso di via Arenula e un dottore mi misurava la pressione.

Ho capito subito che era fame. Mi sono ricordata che da tre giorni non avevo piú mangiato niente. Il dottore mi ha fatto una predica e mi ha mandata via con uno schiaffetto bonario sulla guancia.

Appena a casa, ho aperto lo sportello del frigorifero. C'erano due mozzarelle rinsecchite e gialle, un piatto di spinaci congelati e quattro dadi di estratto di pollo. Ho messo l'acqua sul fuoco, ho lasciato sciogliere i dadi, poi vi ho lasciato cadere gli spinaci. Ho mangiato due piatti di quella roba calda. Avrei mangiato qualcos'altro, ma non avevo voglia di scendere. Domani farò un pasto abbondante, mi sono detta. Ma l'indomani ero troppo presa dai miei tentativi di autoipnosi, per ricordarmi del pasto e quando sono tornata a casa la sera, il frigorifero era di nuovo vuoto. Allora ho messo una padella sul fuoco, vi ho versato dentro un po' d'olio e ho fritto le mozzarelle che sapevano di acido. Le ho mangiate con dei biscotti che ho trovato in fondo al cassetto della cucina. Dovevano essere molto vecchi perché nello spezzarli, mi sono scheggiata un canino.

Da allora i miei periodi di sveglia sono diventati sempre piú rari e brevi. Il resto del tempo dormo in quella maniera sorda e leggera che mi è diventata naturale.

Di notte, quando la casa è silenziosa e buia, qualche volta mi sveglio e allora il dolore che provo nel rimettere in moto la mia coscienza è tale che mi sento mancare il respiro. In questi casi mi alzo, accendo tutte le luci della casa e giro la manopola della radio. Il rumore, le luci, la musica, ma soprattutto le voci umane, hanno il potere di farmi ricadere nel mio lucido torpore sonnolento. Torno a letto, lasciando le luci accese, appoggio la radio accanto alla mia testa, sul cuscino e chiudo gli occhi.

Alle sette la sveglia si mette a trillare. E quella parte di me che è docile e meccanica come una macchina, si mette delicatamente in moto e procede da sola, compiendo tutti i gesti necessari: scendo dal letto, entro nel bagno, mi lavo, mi vesto, esco, prendo la circolare, scendo dalla circolare, entro nel bar sotto l'ufficio, bevo un cappuccino, salgo in ascensore, mi seggo al mio tavolo da lavoro, batto a macchina delle lettere, telefono, compilo delle inserzioni per il giornale eccetera.

Durante i periodi di festa il mio sonno si accresce, diventa un letargo mortale. Non dovendo andare all'ufficio, resto a letto tutto il giorno, la finestra spalancata, gli occhi fissi sulla casa di fronte. Alle volte vedo dei bambini che giocano con un gatto, alle volte una donna in sottoveste che litiga con un uomo in canottiera. Ma non so se la donna in sottoveste e l'uomo in canottiera io li veda stando seduta in cucina, e veda i bambini col gatto stando stesa sul letto o viceversa.

Per ricordarmi di mangiare, ho appeso dei cartelli per la casa: un foglio bianco su cui è scritto in rosso "Mangiare!" Ma mi sono accorta che dopo due o tre volte, non vedevo piú i segnali. Allora ho deciso di cambiare ogni giorno il colore della scritta e il formato del cartello. Senonché, dimenticavo anche questo.

Alla fine ho avuto un'idea ingegnosa. Ho comprato delle scatolette di carne e le ho distribuite di qua e di là sul pavimento di casa, in modo che quando inciampo in una di esse, mi chino a raccattarla e cosí mi ricordo di mangiare.

Pensavo di essere ormai completamente padrona di me, quando, l'altro giorno, è successo qualcosa che mi ha tolto ogni fiducia.

Ero seduta al mio tavolo da lavoro e facevo un conto. Ho alzato la testa per caso e per la prima volta ho visto la faccia del mio collega che mi siede di fronte. La bellezza luminosa e malinconica del ragazzo, poiché mi sono accorta in quel momento che era giovanissimo, mi ha comunicato un senso di gioia, come non ne provavo piú da quando ero bambina. L'ho guardato a lungo, finché i miei occhi si sono stancati e si sono svuotati, finché insomma non sono tornata nel mio stato di dormiveglia.

Ma la sera, una volta a casa, seduta di fronte alla finestra della cucina, il ricordo della faccia fresca e chiara del ragazzo mi è tornato alla memoria e mi ha tenuta sveglia. Cercavo di ricordare qualcos'altro di lui, la forma delle sue spalle, i suoi denti, il colore dei suoi occhi; ma non ricordavo niente.

La ricerca dei particolari, lo sforzo di rammentare mi tenevano sveglia e turbata. Per una notte non ho dormito affatto. Ho acceso tutte le luci, ho ballato per stancarmi, ho mangiato due scatolette di carne, e ho succhiato tre uova, ho bevuto del vino; infine mi sono messa a letto con la radio accesa sul cuscino; ma le luci, i cibi, le voci, i movimenti, non riuscivano a farmi dormire come succedeva di solito.

Allora ho preso un blocco di fogli bianchi e ho cercato di disegnare la faccia del ragazzo come me la ricordavo. Ma ogni volta che ne tracciavo i tratti risultava un viso diverso.

Cosí, riempiendo fogli e fogli, ho trascorso la notte intera. La mattina mi sono vestita piú presto del solito e sono arrivata in ufficio che la porta era ancora chiusa. Ho aspettato sul pianerottolo, battendo i piedi per il freddo.

Poco prima delle nove è arrivato un giovanotto basso e calvo, chiuso in un impermeabile che lo ingoffava, di uno strano colore tra il verde e il viola. Si è accostato alla porta, mi ha guardata un momento, mi ha sorriso. Ho risposto al suo saluto chinando la testa. E proprio mentre osservavo i suoi occhi calmi e larghi, ho capito che il ragazzo che avevo visto ieri e di cui mi ero incapricciata non era altri che lui. Infatti quell'uomo calvo e scimmiesco mi sorrideva allusivamente come se fra di noi ci fosse un'intesa.

Ho fissato i miei occhi sulla sua grossa testa unta. Mi sono bastati pochi secondi per cadere in letargo. La sua vista mi è diventata indifferente; era un oggetto in mezzo agli altri oggetti che mi circondavano.

Dopo questo episodio penoso, la mia vita ha ripreso meccanica e uguale come prima, con una convinzione di piú: quello che io vedo di bello sono i miei sogni, quindi devo stare attenta a non svegliarmi mai.

MADRE E FIGLIO

Ho preso in affitto questo appartamento perché costa poco e perché ha una bella vista su un piazzale. L'ho ammobiliato con cura, in parte trasportando dei mobili che avevo nella vecchia casa dei miei, in parte comprandoli nuovi. Il letto per esempio, l'ho preso in un grande magazzino ed è fresco e piacevole, un letto moderno, alla svedese. Non avrei potuto continuare a dormire nel mio vecchio letto di legno scuro alto un metro e mezzo da terra, né in quello grande e dorato in cui dormivano i miei genitori e in cui sono morti quasi contemporaneamente. Poi ho comprato dei lampadari di vetro colorato, delle sedie di vimini e anche una grande scimmia di legno snodabile che ho appeso nella camera da letto e che mi tiene compagnia.

Da principio ho sofferto un po' la solitudine. Dopo trent'anni di vita in comune coi miei, in questa casa che mi è estranea, mi sentivo persa. Ma presto ho scoperto che, pur vivendo sola, potevo partecipare alla vita dei miei vicini. La parete che divideva il mio appartamento dal loro era talmente sottile che quasi non esisteva e questo mi ha fatto sentire meno sola.

Adolfo e sua madre si svegliavano presto la mattina, verso le sei e mezza, e appena svegli, andavano in cucina, cosí che io potevo sentirli, restando nel letto, al buio, che parlavano fra di loro. Veramente Adolfo parlava poco. Di solito quella che si sentiva di piú era la voce rauca della madre. Nel dormiveglia non arrivavo a distinguere le sue parole. Sentivo i rumori delle tazze smosse, del cucchiaino che pescava nel barattolo di vetro del caffè, della macchinetta per accendere il gas, dell'acqua che scorreva dal rubinetto, dello sportello del frigorifero che si apriva con uno scatto e si chiudeva con un tonfo accompagnato da un sibilo.

La voce della madre era coperta e nascosta da questi rumori che raggiungevano la mia coscienza ancora semispenta con estrema precisione. Poi, mano mano che mi svegliavo, gli oggetti diventavano piú silenziosi e la voce della madre di Adolfo si schiariva, si faceva solenne, fortissima.

Appena finita la colazione, madre e figlio tornavano nella stanza da letto. Ma poiché la porta fra la cucina e la stanza rimaneva aperta, potevo continuare a udire le loro voci, ossia la voce grassa e pesante della madre che si alzava e si abbassava come il ritmo di un respiro fragoroso, alternata solo a tratti dai grugniti e dai monosillabi del figlio.

"Adesso la tua mamma ti mette addosso le mutande."

"Mi fai il solletico."

"Ma che solletico. Alza le braccia, da bravo.

Adesso la tua mamma ti infila la canottiera. Alza il piede, da bravo. Adesso la tua mamma ti infila i pantaloni. E stai dritto. Non lo vedi come penzoli da tutte le parti? Se non ti abitui a stare dritto, ti si storcerà la spina dorsale. E dopo dovrai andare in giro con un busto di ferro."

"Un busto di ferro?"

"Sí, un busto di ferro. E non potrai neanche sederti, perché la spina dorsale finisce sulle natiche e sarai tutto avvolto nel ferro. Per fare la pupú ti infileranno un tubo di plastica nel sedere."

"Che?"

"Sí, un tubo di plastica lungo un metro. E non potrai neanche piegarti per fare la pipí. E te la farai tutta sulle gambe."

"Ahi!"

"Macché ahi! Come si vede che non sai cos'è la guerra. Quando andrai in guerra vedrai cosa vuol dire non avere la mamma vicino."

"Grr."

"In guerra dormirai solo, su un letto di legno, e sarai mangiato dalle cimici e dai pidocchi. Ti verrà la scabbia. Niente di piú probabile che in guerra venga la scabbia."

"Che?"

"Avrai il corpo rosso e gonfio. Ti si formeranno delle vesciche. E quando ti gratterai, ti si riempiranno le unghie di pus. E poi sarai coperto di croste. Poi ti verrà la dissenteria. Niente di piú probabile che in guerra venga la dissenteria. Ti brucerà il sedere. Ti brucerà da morire. E poi cacherai sangue. E ti sentirai torcere le budelle. E io non ci sarò."

Alle nove meno dieci uscivo per andare in sartoria. Qualche volta incontravo Adolfo nell'ascensore. E mi stupivo di trovarlo cosí robusto alto e bello. Ogni volta che lui sollevava una mano per premere il pulsante, mi incantavo a guardarla: è una mano da gigante, larga, chiara, tutta cosparsa di vene e di tendini in rilievo, dalle grosse e tozze dita che si muovono senza agilità, con solenne calma.

Quando tornavo a casa all'una, loro erano già a tavola, in cucina. Appena giravo la maniglia, mi assaliva la voce fiera e prorompente della madre di Adolfo. Dal tintinnio dei cucchiai contro le scodelle capivo quando, invece della pasta asciutta, mangiavano la minestra e dal continuo tonfo del bicchiere sulla tovaglia, capivo che Adolfo beveva molto, come al solito. Al tonfo, infatti, seguiva il rimprovero di lei.

"Bevi troppo, tesoro. Diventerai impotente. Il vino rende impotenti. Diventerai epilettico. Il vino rende epilettici."

"Uhmmmmmm."

"Lo sai o non lo sai. Te l'avrò detto cento volte. Adesso prendi i piatti puliti, sono dietro di te, sull'acquaio. E prendi la carne che sta sul fuoco. Ma il sale dov'è? Dov'è il sale? Avrei giurato che stava sulla tavola. Allunga una mano tesoro, al cassetto. Allora, dimmi, cos'è successo stamattina in banca? Niente novità? Ma mangia con un po' di calma. Cosí ti strozzi. La carne, se non si mastica bene, rimane sullo stomaco. Ogni boccone va masticato trenta volte. Se non lo fai ti verrà l'ulcera e poi sputerai sangue e poi morirai straziato da dolori atroci."

Ormai vivevo completamente della loro vita. Appena finivo di lavorare, mi rinchiudevo a casa e sdraiata sul letto, a occhi chiusi, partecipavo della loro intimità.

Ero molto attenta. Attraverso lunghe osservazioni ero arrivata a indovinare tutti i gesti che loro compivano dall'altra parte della parete. Riconoscevo il passo affrettato e pesante della madre, quello lento e timido del figlio; sapevo quando lei lo spogliava e come lo spogliava, cominciando dalla giacca, alla camicia, alla maglia, giú fino ai pantaloni, ai calzini. Sapevo quando si inginocchiava per slegargli le scarpe e quando si rialzava sbuffando e brontolando.

Il sabato sera poi assistevo, a occhi chiusi e orecchie tese, alla preparazione del bagno. La donna si aggirava per casa in pantofole, cercando il sapone che non trovava mai, perché ora lo adoperava per la cucina, ora per il bagno, ora per lavare la biancheria.

Intanto sentivo lo scroscio dell'acqua bollente nella vasca. Poi lei tornava in cucina, tagliava in due dei limoni, li spremeva e gettava il succo dentro l'acqua del bagno. Infine, quando la vasca era quasi colma, chiudeva il rubinetto e cominciava a chiamare il figlio.

"Il bagno, tesoro."

"Non troppo calda, lo sai che non la sopporto."

"Ma no, è appena tiepida. Vieni qui. Ecco, la tua mamma ti toglie la camicia. La tua mamma ti toglie i pantaloni. La tua mamma ti toglie i calzini. La tua mamma ti toglie le mutande. Come sei bello! Sei proprio ben fatto. Non come tuo padre che era magro e rinseccolito. Sei pieno. Scoppi di salute. Fra le gambe hai un fiore."

"È troppo calda. Non ci posso entrare."

"Sempre capricci. Da trent'anni non fai che fare capricci. Ecco, apro l'acqua fredda. Prova, prova con un piede. È tiepida. Càlati. Adesso chinati in avanti, che ti insapono la schiena. Che bella schiena che hai! Ma che fai? Stai fermo se no ti va il sapone in bocca."

"Mi fai male."

"Zitto amore. Fatti lavare bene. Adesso voltati, che ti insapono il petto e i fianchi."

"Mi fai il solletico, mamma!"

"Cosa hai qui in fondo al ventre, un uccellino? un vermiciattolo, un serpentello? La tua mamma ti ha fatto proprio bene: sembri un Gesú."

"Ho freddo."

"Per forza. Con tutta quell'acqua fredda. Adesso rimettiti giú. Sciacquati bene che poi vengo ad asciugarti."

Mentre Adolfo si sciacquava, la madre tornava in cucina a preparare la cena e per la gioia di sapere il figlio intento a lavarsi, cantava con voce lenta e grave una nenia.

Ma qualche giorno fa, anziché essere svegliata dalla solita voce rude e dal rumore di stoviglie della casa accanto, ho aperto gli occhi nel silenzio. Dall'appartamento dei vicini non proveniva un suono. Ho pensato che fossero partiti. Riandando però alle conversazioni della sera precedente non ricordavo nessun accenno ad un viaggio. Quindi ho immaginato che Adolfo stesse male o che la madre stesse male. Ma anche in questo caso avrei dovuto sentire i passi di uno dei due per la casa o un lamento o un richiamo. Invece il silenzio era completo, assoluto.

Mi sono alzata lentamente, presa da inquietudine. Ho accostato l'orecchio alla parete. Ma il silenzio continuava, rotto solo dallo sgocciolio del rubinetto dell'acquaio.

Mi sono vestita in fretta, ho infilato il cappotto, le scarpe. Ma non riuscivo a decidermi a lasciare la casa. Mi sono seduta sul letto, immobile, scrutando la parete, quasi potessi attraversarla col mio sguardo e svelare il mistero dei vicini.

Verso le dieci infine sono uscita per andare in sartoria. Ma ho lavorato male: ero nervosa e inquieta. All'una meno un quarto ero di nuovo a casa. Appena aperta la porta dell'ascensore, ho visto che l'appartamento dei vicini era spalancato e che nell'ingresso c'erano delle persone in piedi, vestite di scuro. Mi sono accostata. Attraverso la porta aperta della camera da letto ho visto il grosso corpo della madre di Adolfo, disteso su un drappo violetto, un rosario fra le dita e un gran mazzo di gladioli sul petto.

Da quella mattina la vita è diventata molto noiosa. Quando finivo il lavoro, non sapevo cosa fare. Mi stendevo sul letto come prima, ma non riuscivo a sentirmi piú serena né contenta. Spesso l'unica compagnia era il pianto lungo e debole di Adolfo che si trascinava per tutta la notte, senza soste.

Cosí ieri ho preso una grande decisione. Ho chiamato un muratore e gli ho ordinato di abbattere la parete che divide il mio appartamento da quello di Adolfo. L'ho fatto lavorare mentre Adolfo era in ufficio, in modo che quando tornava trovasse tutto fatto.

Cosí è stato. Man mano che il muratore abbatteva la parete, io raccoglievo i calcinacci e scopavo la stanza in modo che quando il lavoro fosse finito, non rimanessero in giro dei detriti.

Adolfo non si è mostrato molto sorpreso. Si direbbe che se l'aspettava. Mi ha guardata un momento, senza parlare e poi ha preso a frugare nel frigorifero.

Neanch'io ho detto niente. Mi sono diretta verso la credenza dove sono ammucchiati i piatti e ho cominciato ad apparecchiare la tavola. Ho acceso il fuoco con la macchinetta sprizzascintille, ho riempito la pentola d'acqua, ho regolato la fuoriuscita del gas.

Poi, mentre l'acqua si scaldava, ho aiutato Adolfo a spogliarsi. Gli ho sfilato la giacca, gli ho sbottonato la camicia, i pantaloni, mi sono chinata per slacciargli le scarpe e quindi sono tornata di corsa in cucina perché l'acqua bolliva.

L'ALTRA FAMIGLIA

Pietro e Paolo mi svegliano la mattina saltandomi sul petto. Apro gli occhi con un senso di soffocamento. Pietro mi sta seduto sulla pancia, a gambe larghe e va su e giú come se cavalcasse un asino; Paolo mi sta inginocchiato sulle gambe e ride.

"Mamma, è l'ora di alzarsi."

"Che ore sono?"

"Le sei."

"Posso dormire ancora un po'?"

"No, devi aiutarci a vestire e poi devi preparare la colazione. Alzati."

"Ma che ore sono?"

"Le sette."

"Che bugiardo. Mi dici un'ora per un'altra eh, per farmi alzare, che bugiardo! Lasciatemi dormire ancora un po'."

"La mamma vuole dormire Pietro, levati di lí."

Mi rivolto dall'altra parte e cerco di riaddormentarmi. Ma il silenzio dei miei due figli mi insospettisce. Infatti, giro la testa e li trovo intenti ad accendere un fuoco al centro della stanza, con delle carte e dei fiammiferi.

Mi alzo di corsa, li prendo a schiaffi, ritorno a letto. Ma ormai non riesco piú a dormire. Rimango ancora qualche minuto distesa, le braccia incrociate dietro la testa, gli occhi socchiusi, cercando di abituarmi alla luce che entra dalla finestra spalancata, quindi mi alzo e comincio la giornata.

Vado in cucina a preparare la colazione per i bambini e per Giorgio. Alle otto siamo tutti seduti attorno alla tavola. Pietro cerca di convincere il fratello maggiore a giocare con lui: si riempie la bocca di latte e glielo spruzza addosso.

"Di' a tuo figlio di smetterla."

"Smettila Pietro."

"Anche Paolo lo fa."

"Smettetela tutti e due."

"Di' a tuo figlio di smetterla."

"Gliel'ho detto."

"Dagli uno schiaffo."

Pietro scappa prima che faccia in tempo ad acciuffarlo. E quando mi avvicino, correndogli dietro, mi spruzza una boccata di latte caldo sulla faccia.

"Picchialo!"

"Perché non lo picchi tu?"

"Io sono contrario alla violenza, lo sai. Ma tuo figlio è un imbecille."

"È anche tuo figlio."

"È anche mio figlio, ma assomiglia a te. Paolo è piú simile a me. Infatti, se non fosse per Pietro, sarebbe diverso, buonissimo."

"Adesso uscite, che è tardi. Dove sono le vostre cartelle?"

"La mia cartella si è rotta."

"Come, si è rotta! Dove l'hai messa?"

"L'ho buttata. Era tutta rotta."

"Ma come hai fatto a rompere una cartella di legno?"

"Pietro ci ha giocato a palla."

"Di' a tuo figlio che è un delinquente oltre che un imbecille," grida mio marito.

"È stato Paolo, te lo giuro."

"No, sei stato tu."

"E digli che è anche un bugiardo oltre che un delinquente. Ma dagli uno schiaffo no."

"Gliel'ho già dato."

"Dagliene un altro."

"Non posso passare la giornata a dare schiaffi a Pietro."

"Io sono contro la violenza, ma con quel cretino, ci vuole."

Io rincorro Pietro per la casa, Paolo e il padre stanno a guardare, le grosse ciotole di latte fra le mani, i capelli ravviati, gli occhi seri e imbambolati.

Infine riesco a mettere i due ragazzi nell'ascensore. Chiudo la porta e me ne torno in casa. Giorgio sta preparandosi per uscire anche lui.

"Quando vai a Milano?" mi chiede.

"Domani."

"Questo tuo lavorare un po' qui e un po' a Milano mi fa venire i nervi."

"Perché?"

"Perché non riesco ad abituarmi. Qualche volta penso: ecco oggi siamo soli, perché Elda è partita. Invece torno a casa e ti trovo che giochi coi bambini. Altre volte penso: ecco adesso torno a casa e racconto a Elda la barzelletta che mi ha soffiato nell'orecchio Strapparelli, a scuola. Ma quando apro la porta, sento puzza di bruciato e improvvisamente ricordo che tu sei partita e capisco nello stesso tempo che Pietro sta bruciando qualcosa, come al solito."

"Il mio lavoro è questo. Cosa ci posso fare se mi costringe a fare la spola fra Milano e Roma?"

"Potresti trovarne un altro."

"Non credo. Con questo lavoro guadagno bene. I tuoi soldi non bastano, lo sai."

"Ma per lo meno dovresti fissare dei giorni precisi, in modo che io non mi sbagli continuamente."

"Non posso. Dipende dal lavoro, non da me."

"Qualche volta penso che tu abbia qualcuno a Milano che ti aspetta."

"Chi vuoi che abbia?"

"Un altr'uomo."

"Che sciocchezza!"

Giorgio sorride soddisfatto. Si china a baciarmi sulla guancia, si mette a posto la cravatta con due dita ed esce.

Io dò qualche ordine alla donna di servizio per la colazione, poi mi chiudo nello studio a lavorare. Preparo le mie relazioni, studio i casi nuovi, scrivo. La mia testa è completamente vuota. Lavoro meccanicamente, quasi senza accorgermene.

All'una la porta viene spalancata violentemente. Pietro entra correndo e mi abbraccia e mi bacia incollandomi le labbra appiccicose di gelato sulla faccia.

“Com’è andata a scuola?”
“Bene. Non ci sono andato.”
“Come non ci sei andato. E Paolo?”
“Paolo è venuto con me. Siamo andati a giocare a pallone.”
“Cosa dovrei farti, dimmi?”
“Sono un imbecille, lo so. Ma papà dov’è? Non glielo dire, per favore.”
“Non glielo dico, ma ti do uno schiaffo lo stesso.”
“Quando parti per Milano mamma?”
“Domani.”
“Mi porti con te?”
“No.”
“Perché no?”
“Perché ho da fare, lo sai.”
“Ma io starei buono ad aspettarti in albergo.”
“Ho detto no e basta.”

A tavola, Pietro e Paolo mangiano avidamente, in silenzio, poi scappano a giocare sulla terrazza. Giorgio legge il giornale. Subito dopo ci stendiamo tutti e due sul letto per riposare.

Alle quattro Giorgio esce di nuovo. Pietro e Paolo vanno ai giardini con i loro amici. Verso le sette e mezza tornano per fare i compiti, ma è troppo tardi e poi sono stanchi. Dopo dieci minuti che sono seduti al tavolino, si addormentano sui libri. Passo la serata a fare i compiti per loro.

“Pietro sta corrompendo Paolo. Diventeranno due buoni a niente, due delinquenti. Sarà colpa tua.”
“Perché mia?”
“Perché non li educhi a dovere.”
“E tu?”

"Io ne ho già abbastanza di educare quaranta ragazzi a scuola. Quando torno a casa sono stanco. Sai che ti dico, abbiamo fatto male a fare dei figli; non siamo due persone adatte a una famiglia numerosa."

"Forse hai ragione. Avremmo dovuto stare noi due soli, e basta. Ma allora forse ci saremmo già separati."

"Perché?"

"Perché la vita in due è molto noiosa. Ad un certo punto, non si sa piú cosa dire."

"Dici sempre delle cose sgradevoli. Perché non andiamo al cinema stasera?"

"Non ce la faccio. Sto morendo di sonno. Vacci tu."

"No, senza di te, no."

"Allora andiamo a letto."

La mattina dopo, sono svegliata alla solita ora da Pietro che mi sale a cavalcioni sul petto e mi salta su e giú come se fossi un somaro.

"Che ore sono?"

"Le cinque e mezza."

"Tirami giú la valigia dall'armadio, Pietrino."

"Lo fa Paolo. Io sono occupato adesso."

"Scendi, mi fai male."

"No. Un cavallo non può dire al cavaliere, scendi. Chiudi gli occhi e galoppa. Voglio andare a Milano."

"Scendi, se no ti faccio cadere."

Preparo la valigia, la cartella con la causa da discutere, la borsa, il cappotto ed esco. Pietro mi accompagna giú al taxi, Paolo rimane col padre e tutti e due si affacciano alla finestra per salutarmi.

In aereo dormo. È l'unico momento in cui

mi sento del tutto a mio agio. Il rumore mi stordisce e il leggero movimento dell'apparecchio mi culla. Mi sveglio poco prima di atterrare. Apro gli occhi proprio mentre l'aereo sta passando dall'azzurro pulito e luminoso dei quattromila metri nella fascia di nebbie opache sparse di nuvole biancastre e lucide che copre la Lombardia.

All'aereoporto ormai mi conoscono: appena arrivo, entro nel bar, poso a terra la valigia, prendo un caffè, poi compro un gettone e telefono a casa.

"Sei tu Carlo?"

"Quando sei arrivata?"

"Adesso."

"Fatto buon viaggio?"

"Buono sí, ho dormito."

"Vengo a prenderti."

"Non c'è bisogno, ho qui un taxi pronto."

Quando apro la porta di casa, trovo Gaspare e Melchiorre in piedi che mi aspettano. Sono ben vestiti, ben pettinati, ossequiosi e servizievoli.

"Come state?"

"Gaspare ha avuto dei bei voti a scuola."

"Anche Melchiorre ha avuto dei bei voti."

"Il papà?"

"Sta bene. È uscito adesso per andare alla messa."

"Che famiglia pia e ordinata che ho."

"Vuoi mangiare qualcosa mamma?"

"No. Devo scappare in ufficio. Ci vediamo all'ora di colazione."

Il lavoro che trovo accumulato nello studio di Milano è sempre piú di quanto mi aspetto e finisco per tornare a casa tardi. Quando entro, trovo la tavola apparecchiata e i miei due figli e mio marito seduti ad aspettarmi.

"Non dovevate aspettarmi. Dovevate cominciare."

"Volevamo mangiare con te."

"Hai avuto molto da fare?"

"Molto sí. Mi sento stanchissima."

"L'aereo stanca."

"Sí, l'aereo stanca."

"Anche cambiare aria stanca."

"Sí, anche cambiare aria stanca."

"Anche alzarsi presto la mattina stanca."

"Sí, anche alzarsi presto la mattina stanca."

"Com'è andata a Roma?"

"Bene."

"È una città molto noiosa Roma."

"Sí, è una città molto noiosa."

"Ci sono tanti semafori inutili."

"È vero, ci sono tanti semafori inutili."

"E poi la gente non ha voglia di fare niente."

"La gente non ha voglia di fare niente."

"Siamo noi milanesi che manteniamo la penisola."

"Quale penisola?"

"L'Italia no?"

"Ah, l'Italia."

"Gaspare, Melchiorre, andate a fare i compiti."

"Sí, papà. A piú tardi mamma."

"Stanno diventando due ipocriti."

"Chi?"

"I tuoi due figli."

"Sono anche tuoi."

"Sono anche miei, ma assomigliano a te. Silenziosi e ipocriti. Fingono di essere bravi. Ma ne combinano di tutti i colori. Hanno già imparato a recitare la loro parte alla perfezione. Se ne fregano di me."

"Cosa hanno di tanto terribile?"

"Sono finti, ti dico, finti e bugiardi."

"Allora, hai finito il tuo libro?"

"No, tesoro. Ma sono a buon punto. Mi mancano solo otto capitoli."

"Che storia è? Non me l'hai mai raccontata."

"È la storia di un uomo che ha due vite."

"Interessante. Ma perché non ti sbrighi a finirlo? È da molti anni che trascini avanti questo libro."

"Perché ci devo pensare sopra. D'altronde, piú ci penso e piú le cose si complicano. Tu credi che un uomo possa avere contemporaneamente, non dico due donne, ma due famiglie?"

"Credo di sí."

"Credi che sia morale?"

"No."

"Beh, questo è il problema che mi interessa; come conciliare la morale con ciò che è piú vitale e piú profondo in noi, il sesso, il bisogno dell'indipendenza, il gusto dell'anormale."

"Lo finirai entro l'anno?"

"Sí, certo. Anche se lavoro poco, lavoro."

"E chi te lo pubblicherà?"

"Non so. Un editore lo troverò, immagino. Ma è difficile, difficile."

Nel pomeriggio porto al cinema i miei due figli, mentre mio marito resta a casa a lavorare. Quando torniamo, lo troviamo seduto nell'ingresso che gioca col gatto. Gli chiediamo se ha lavorato. Lui risponde di sí. Gaspare e Melchiorre sorridono increduli.

Alle otto e mezza andiamo a tavola. Io mi sento cosí stanca che non ho piú fame. I ragazzi mi raccontano delle storie noiose. Poi ci sediamo tutti davanti alla televisione e fino alle undici non ci muoviamo. Io non riesco a seguire i programmi perché dormo a occhi aperti, le palpebre mi bruciano, ho le pupille fisse e cieche. Gaspare e Melchiorre mi svegliano ogni tanto con le loro risate stridule.

"Quando parti per Roma, mamma?"

"Giovedí."

"Allora questa volta resti quattro giorni con noi."

"Sí quattro giorni."

"Quando mi porti a Roma mamma?"

"Mai."

"Io ci vorrei andare a Roma, per vedere se è proprio cosí brutta e sporca come dice il papà."

Alle undici, i due ragazzi vanno a letto e nella stanza buia, rischiarata dallo schermo azzurrino della televisione, restiamo soli, Carlo ed io.

"Senti, dimmi se ti piace questo inizio."

"Di che parli?"

"Del mio romanzo, tesoro."

"Ah, sí. Come comincia?"

"Questo è l'inizio del decimo capitolo: In una ventosa e tiepida serata estiva in cui le foglie del leccio tremavano leggermente riempiendo l'aria di un fremito verde... ti piace?"

"Non è un po' troppo lunga questa frase?"

"Niente affatto. Stai a sentire: In una ventosa e tiepida serata estiva in cui le foglie del leccio che intravedevo dalla mia finestra, che sta in fondo alla mia stanza, tremavano leggermente riempiendo l'aria di un fremito ardente... Credi che sia meglio ardente o verde?"

"Non lo so."

"In una ventosa e tiepida serata estiva in cui... senti come suona bene; è un'onda che avanza lenta e potente, e tu la senti arrivare e aspetti che si rompa, aspetti e trattieni il fiato, non è cosí?"

"Come continua poi?"

"In una ventosa e tiepida serata... forse al posto di tiepida metterò calda, che ne dici? Dà piú il senso dell'afa. Perché l'afa ci vuole. Intanto l'onda avanza. La senti arrivare. Eccola... in cui le foglie del leccio tremavano leggermente riempiendo l'aria intorno a me... ecco voglio aggiungere intorno a me, è meglio cosí, non ti pare? Dunque intorno a me, di un fremito, come ho detto poi?"

"Andiamo a letto?"

"Tu vai pure, io continuo a lavorare."

"Cosa devi fare?"

"Devo trovare la frase giusta. È molto importante trovare la frase giusta."

"Penso che non pubblicherai mai questo libro."

"Perché?"

"Perché non hai voglia di farlo. Come ti è venuta in mente l'idea delle due vite?"

"Quando ero ragazzo ho amato una volta due donne contemporaneamente. Ma stavo cosí male. Mi sentivo in colpa."

"E com'è finita?"

"Male. Non ci si può dividere a lungo. Si diventa malati."

Il giorno dopo riprendo la solita vita milanese. Gaspare e Melchiorre vanno a scuola, io vado in ufficio, Carlo si chiude nello studio a scrivere il suo romanzo. All'una pranziamo insieme. Nel pomeriggio io torno a lavorare, Carlo gioca col gatto e i due ragazzi fanno i compiti. Qualche volta, verso le sette, andiamo al cinema, oppure passiamo la serata davanti alla televisione.

Alcuni giorni dopo io preparo le valige, riempio la cartella di cause da studiare, di lettere, di conti, e me ne torno a Roma. Carlo mi accompagna all'aeroporto.

"Ciao. Cerca di finire il tuo romanzo."

"Ci lavoro molto, lo sai. Entro l'anno, conto di finirlo. Dopo sarò io a mantenere te. Ti farò fare la signora."

Appena arrivata a Roma, compro un gettone, mi dirigo verso il telefono piú vicino e chiamo casa.

"Sei tu mamma?"

"Sono arrivata adesso."

"Sai che Pietro ha dato fuoco allo studio di papà?"

"E lui che gli ha fatto?"

"Niente. Aspetta che tu torni per punirlo. Ha detto che vuole che tu lo frusti con la cintura del tuo vestito."

IL QUADERNO ROSSO

Mio marito tiene un diario. L'ho scoperto giorni fa mentre rimettevo a posto l'armadio nella nostra camera da letto. In un angolo, sotto la carta fiorata scollata, ho trovato un piccolo quaderno dalla copertina di plastica rossa.

Ho preso in mano il quaderno, l'ho aperto e ho letto: "13 gennaio. Oggi niente. Elena è sempre di là, nella sua stanza. Posso sentire il fruscio delle riviste che sfoglia. Non riesco a lavorare bene. Quando si deciderà? Sto quasi male per l'attesa."

Ho richiuso il quaderno in fretta e l'ho rimesso al suo posto. Mi sono seduta sul letto a riflettere. Non capivo le parole di mio marito. Cosa vuole da me? mi domandavo. Cosa si aspetta da me con tanta ansia?

Quella sera quando Lattanzio è tornato, l'ho guardato con occhi diversi dal solito. Mi sono accorta che è molto cambiato. Ha fatto una faccia da vecchio e gli occhi dietro le lenti sono rimpiccioliti miserevolmente.

Abbiamo cenato, come al solito, nella grande

stanza da pranzo buia, serviti dalla vecchia Amalia. Ogni volta che suonava il telefono, vedevo che Lattanzio alzava la testa e tendeva l'orecchio. Interrompeva di mangiare per aspettare che Amalia raggiungesse il telefono e tornasse verso di me e si chinasse per sussurrarmi il nome della persona che chiamava.

"Chi è?"

"Mia madre."

"Non ci vai?"

"No, ho detto ad Amalia di farla chiamare piú tardi."

"Ha telefonato nessun altro oggi?"

"No."

Ho pensato di parlargli del quaderno. Ma guardando la sua faccia spenta e grigia, appena increspata da un sorriso sornione, ho cambiato idea. Sapevo che, se gliene avessi parlato, mi avrebbe mentito.

"Lo sai da quanti anni siamo sposati?"

"Da dieci. Perché?"

"Credi che siamo felici?"

"Se non lo sai tu."

"Forse ci siamo un po' stancati l'uno dell'altro."

"Non dire idiozie. Stiamo cosí bene insieme. E tutto va bene."

"Forse hai ragione tu."

Non abbiamo piú parlato del nostro matrimonio. Ma adesso che io ero partecipe di un suo segreto, non riuscivo piú a guardarlo con la tranquilla naturalezza di sempre.

Aspettavo che uscisse per andare a leggere il suo diario. Ma Lattanzio lavora a casa ed è raro che esca. Anche se sta chiuso nel suo studio, poi, so che non è mai disattento a ciò che si svolge nella casa. So che quando squilla il telefono, tende l'orecchio, e che quando mi muovo, segue il rumore dei miei passi per le stanze. In ogni momento sa dove io sono e cosa faccio.

Mentre lui lavora alla sua matematica, fra i libri di calcolo e gli innumerevoli fogli che si ammucchiano sul tavolo da lavoro, io me ne sto distesa sul divano del soggiorno, le gambe appoggiate sul bracciolo, a fumare e sfogliare qualche rivista.

Qualche volta esco. Vado a trovare Aldo o mia madre all'ospedale o in giro per compere. Prima di uscire mi affaccio allo studio di Lattanzio per salutarlo.

"Esco."

"Dove vai?"

"Vado a trovare mia madre."

Mi guarda un momento, dal basso in alto, mentre gli occhiali gli scivolano sul naso lucido e sorride in quella maniera che è insieme sofferente e golosa.

"Beh, ciao."

"Aspetta. A che ora torni?"

"Non lo so. Verso le sette."

"E ti sei vestita cosí elegante per andare da tua madre?"

"Ma che elegante. Questo è il vestito che porto sempre."

"Sei elegante comunque. Ti sei messa anche il profumo."

"Lo metto sempre. Cosa c'è che non va?"

"Niente. Mi piaci quando esci cosí in ghingheri."

"Posso andare?"

"Sí, certo. Allora, a presto."

Cosí chiudo la porta ed esco. Cammino fino al posteggio dei taxi, grido all'autista il nome della clinica, mi seggo in maniera da stare quasi sdraiata e fisso lo sguardo sulla nuca del guidatore.

Alla clinica ormai mi conoscono, non mi chiedono neanche a che piano vado. Trovo mia madre seduta sul terrazzino della sua stanza, avvolta nella vestaglia a fiori. Mi seggo accanto a lei e l'ascolto parlare. So che dopo un'ora di chiacchiere, si sente meglio. Lascio che lei si lamenti e mi rimproveri con la sua voce nervosa, monotona. Io intanto fumo e guardo i malati che passeggiano in giardino, i cipressi disordinati dal vento e le piccole rose rampicanti sopra il muro della casa di fronte, che si fanno ogni giorno piú folte e piú grandi.

Ogni tanto, quando ne ho voglia, invece di andare da mia madre, vado da Aldo. Salgo da lui all'officina. So che a lui non piace che io mi faccia vedere dal capomeccanico, che è anche suo suocero. Ma io ci vado lo stesso. Mi piace vederlo lavorare, sporco di grasso, avvolto nella tuta blu, il ciuffo biondo ricadente sulla fronte unta e nera.

Aspetto che si pulisca, che si cambi, che monti sulla sua Cinquecento e salgo con lui a casa sua.

"Lo sai che non devi venire all'officina."

"Lo so."

"Mio suocero non ti può vedere."

"Ma se siete separati tu e tua moglie. Che gliene importa di quello che fai?"

"Gli importa sí, perché lui si è messo in testa di rimetterci insieme. E tu gli rompi le scatole."

"Ma tua moglie dov'è?"
"Che ne so. È scappata. Non lo sa neanche lui che è suo padre."
"E allora come fa a rimettervi insieme?"
"È la sua fissazione. Che ci vuoi fare. È convinto che lei tornerà presto e che noi ci rimetteremo insieme."
"Ma tu lo faresti?"
"Forse, chi lo sa."
"Ma tu le vuoi bene a tua moglie?"
"Qualche volta sí. Qualche volta la odio."
"La prossima volta ti aspetto all'angolo della strada. Dammi un bacio."
"Sono ancora sporco. Adesso mi faccio un bagno. Mi lavi la schiena? Mia moglie non mi ha mai voluto lavare la schiena."
Quando torno a casa, trovo Lattanzio che mi aspetta, gli occhi lucidi, la fronte sudata, chino sui suoi libri.
"Com'è andata?"
"Come al solito."
"Sta meglio?"
"Chi?"
"Tua madre."
"No. Non credo che guarirà mai. Ma oggi era allegra."
"Hai la faccia pallida. Ti senti stanca?"
"No."
"Hai le occhiaie. Ogni volta che vai da tua madre, torni sconvolta."
"Ma no. È la luce di questo studio. Ma sai che c'è puzzo di chiuso qui dentro. Posso aprire le finestre?"
"No, lascia stare; adesso andiamo a mangiare."

Cosí andiamo a tavola. Mentre Amalia ci serve, osservo la faccia di mio marito che mi siede di fronte, opaca e spenta come al solito, ma pure contratta a momenti da piccole smorfie di allegria.

Due giorni fa nel pomeriggio, finalmente Lattanzio è uscito. Sono corsa nella camera da letto, ho tirato fuori il quadernetto di plastica rossa e l'ho aperto. Ho letto: "Giovedí 22. Elena ha ceduto. Dopo avere resistito a lungo, finalmente ieri sera è andata da lui. Pomeriggio esaltante. Mi sento veramente bene."

Ho rimesso a posto il quaderno. Ho aperto le imposte, mi sono appoggiata al balcone con tutte e due le braccia. Ecco cosa voleva mio marito da me. Voleva che lo tradissi.

Improvvisamente mi sono ricordata che era stato lui a portarmi la prima volta all'officina dove lavora Aldo, che era stato lui a farmelo notare, cosí giovane e biondo e asciutto, curvo sul motore di una macchina.

E io che credevo di manifestare la mia indipendenza nell'adulterio, mi accorgevo che dipendevo piú che mai da lui, perché il mio tradimento non era altro che un compimento della sua volontà.

Quando è tornato, all'ora di cena, l'ho decisamente affrontato.

"Ho letto il tuo quaderno oggi."

"Quale quaderno tesoro?"

"Lo sai benissimo. Quello in cui parli di me e di..."

"Tu vaneggi. Non esiste nessun quaderno. Non so di che parli tesoro."

Sono corsa in camera da letto. Ho aperto gli

sportelli dell'armadio. Mi sono chinata. Il quaderno non c'era. Eppure, da quando l'avevo preso in mano, nessuno era entrato nella camera da letto. L'ho guardato, istupidita.

"Vedi? Quel quaderno tu te lo sei sognato. Non esiste."

"Ma come non esiste. Io l'ho visto."

"Passami l'insalata tesoro."

"Eccola."

"Non vai da tua madre oggi?"

"No."

"E domani?"

"Nemmeno."

"Come sei cattiva!"

L'ho guardato un momento, mentre la sua faccia grigia e tonda si accendeva per un attimo di triste allegria.

IL DOLORE SCIUPA

Il dolore sciupa. Me ne sono accorta tardi. Quando ero bambina non me ne curavo. Soffrivo e basta. Mio padre, mia madre, la scuola. Adesso mi sembrano cose remote e incredibili.

I miei genitori, la loro eterna finzione. La nostra famiglia esemplare, felice. Cosí almeno apparivamo agli occhi degli altri, dei parenti, e degli amici.

Tutto era perfetto nella nostra famiglia. Mio padre era un uomo d'affari onesto e laborioso, abile e ricco, mia madre una buona, affettuosa e tradizionale donna di casa. Non litigavano mai fra di loro, non discutevano nemmeno; erano sempre d'accordo. Inoltre si mostravano sempre innamorati e felici.

Io ero la loro unica figlia. Ero vezzeggiata e amata, ma anche educata con giusta severità. Andavo sempre vestita con dei grembiuli ricamati, dei fiocchi in testa, delle scarpe bianche e, da grande, con dei completi di lana d'angora, delle collane di corallo al collo. Andavo a scuola, ero puntuale, studiavo, prendevo buoni voti. Mio padre e mia madre venivano a prendermi all'uscita delle lezioni, e tutti e tre insieme ci incamminavamo adagio verso casa, consapevoli di raffigurare l'immagine della felicità familiare.

Ho vissuto con loro fino a trent'anni e non mi sono mai sottratta alla parte che mio padre mi costringeva a recitare. La nostra vita si svolgeva ordinata e serena, senza mai un'interruzione, un momento di dubbio o di disordine.

Tuttavia io soffrivo e non riuscivo a capire il perché. Né forse me lo chiedevo. Mi ostinavo tenacemente a fare il mio dovere di figlia e di scolara.

Quando è morto mio padre, ci siamo trovate sole, mia madre ed io, senza sapere cosa fare. Io avevo messo su una faccia da vecchia, quasi comica nella patetica volontà di apparire soddisfatta ad ogni costo e mia madre, lei addirittura assomigliava a una bertuccia, tutta raggrinzita e disfatta.

Ma in pochi mesi sono successe tante cose che a stento riesco a ricordarle. Mia madre, prima di tutto, si è tinta i capelli di rosso. Poi si è trovata un amante con cui ha sperperato tutti i soldi lasciati da mio padre. Quando i soldi sono finiti, il ragazzo se n'è andato e mia madre si è suicidata.

Io intanto ero rimasta senza denari e senza casa, perché il nostro appartamento era stato venduto. Allora mi sono messa a cercare un lavoro e per un breve periodo ho fatto la segretaria in un ufficio di compravendita. Ma non andavo d'accordo con il padrone. Forse perché mi ricordava mio padre. Il fatto è che lavoravo male, svogliatamente, non riuscivo a tenere in ordine le schede né a scrivere le lettere senza fare una quantità di errori. Infine me ne sono andata, o mi hanno licenziata, non ricordo piú. Per qualche tempo sono andata a vivere in casa di una mia amica, una certa Giulia che faceva la manicure ai Parioli.

È parlando con Giulia che ho scoperto dove stava l'errore della mia vita. Io accettavo come necessario o inevitabile il dolore. E invece Giulia aveva delle idee molto diverse dalle mie.

"Il dolore sciupa la pelle, te n'eri accorta?"

"Non ci avevo mai pensato."

"Per stare bene, bisogna non soffrire."

"Non mi era mai venuto in mente."

"Non è mica facile sai. Perché tutti sono lí per farti soffrire. Soprattutto se sei povera. Quante cose che vanno storte e quante cose a cui devi sottostare solo perché sei povera e impotente e quanti idioti che non puoi chiamare idioti solo perché ti danno da lavorare."

"È proprio vero."

"Ma tu devi liberarti dei dolori."

"E come?"

"Devi liberarti di tutte le cose inutili che ti ingombrano."

"E come?"

"Te l'ho detto. Pensa a una stanza di roba vecchia e sporca. I vetri sono appannati, il pavimento è coperto di polvere, i mobili sono pieni di oggetti, le tende impregnate di cattivi odori. Ci vivresti tu in una stanza cosí?"

"No."

"Cosa faresti nel caso che ti trovassi costretta a viverci? La puliresti no?"

"Certo."

"Beh, immagina che quella stanza è il tuo cuore."
"Non avevo mai pensato a una cosa simile."
"Si vede che non ci hai mai pensato. Dimostri dieci anni di piú della tua età."
"Perché?"
"Hai fatto una faccia storta e rattrappita. Io, per esempio, ho la tua età, ma ne dimostro molti di meno."
"È vero."
"Lo vedi? E sai come ho fatto? Ho eliminato la sofferenza dalla mia vita. L'ho abolita."
"Ma come si fa?"
"Si fa come ti ho detto. Gettando via tutte le cose inutili che ingombrano quella stanza; pulendo e spazzando via la polvere finché ti sentirai come una bella scatola vuota, pulita e ariosa."
Le parole di Giulia mi hanno molto impressionata. Non avevo mai pensato di potere cacciare da me i sentimenti, né di potermi mai liberare dalla sofferenza.
"Guarda la tua faccia nello specchio. Questi segni, queste opacità, sono soltanto conseguenza dei dolori. Che sciocchezza soffrire cosí quando se ne può fare a meno."
"Ho provato a fare come dici tu, ma non ci sono riuscita."
"Non sarai mica innamorata?"
"Beh, sí."
"Ecco, perché non ti riesce. Prima di tutto devi smettere di essere innamorata."
"Ma come faccio?"
"Devi semplicemente convincerti che questo sentimento è come uno di quei mobili ingombranti e inutili che riempiono le vecchie stanze.

Devi liberartene come ci si libera di un oggetto fastidioso e inservibile."

Quella sera stessa ho telefonato a Giorgio. Gli ho detto di non cercarmi piú. Lí per lí, sebbene incoraggiata dalle parole di Giulia, sono stata cosí male che credevo di non farcela. Ma Giulia mi ha aiutata a resistere.

"Quel ragazzo non poteva che procurarti dei dispiaceri. Dentro di te ingombrava enormemente. Adesso l'hai buttato fuori. Forse per qualche giorno sentirai la nostalgia di quel peso a cui eri abituata. Ma dopo, vedrai come ti sentirai meglio. Devi convincerti che la libertà è questo: essere vuoti, del tutto vuoti e senza sentimenti."

Il dolore sciupa. Non c'era bisogno di Giulia per capirlo. La pelle della mia faccia era tirata e asciutta, tendeva a squamarsi; i miei occhi si dilatavano febbrilmente e si sporgevano in fuori, come due globi umidi e arrossati.

Dopo alcuni mesi della cura di Giulia, ero molto cambiata. Guardandomi nello specchio, scoprivo una compostezza sconosciuta sulla mia faccia e i miei occhi, non piú rossi, non piú dilatati, riposavano quieti e inespressivi fra le palpebre ferme.

Un giorno Giulia è entrata in camera mia, mentre ancora dormivo e mi ha detto che dovevo andarmene da casa sua, perché si sposava.

"Ma come, dicevi che non bisogna innamorarsi e adesso ti sposi?"

"Mi sposo, ma questo non vuol dire che io sia innamorata."

"E allora perché ti sposi?"

"Mi sposo perché ho trovato un marito ricco; con lui non avrò bisogno di lavorare."

"Credi che non soffrirai, senza piú indipendenza?"

"Credo di no. Quest'uomo io non lo amo, quindi sono libera lo stesso. La libertà non consiste tanto nell'essere indipendenti, quanto nel vuotarsi ben bene."

L'ho guardata con ammirazione. Giulia è riuscita dove io sono rimasta a metà.

"Ma adesso come faccio? Dove vado ad abitare, senza lavoro, senza soldi?"

"Ti arrangi. Io ho bisogno della casa e tu devi andartene entro domani."

La mattina dopo ho fatto le valige. Giulia mi ha accompagnato fino all'ascensore, abbracciandomi e baciandomi. L'ho guardata per l'ultima volta da vicino, mentre mi stringeva a sé e ho avuto l'impressione che fosse davvero vuota e felice. La sua faccia era pulita, bianca e perfetta come una parete verniciata, senza grinze né macchie, ma senza neanche piú vita.

Per un certo periodo ho fatto la bambinaia, poi la segretaria di un copista, quindi ho preso il posto che era stato di Giulia, nel negozio ai Parioli. Faccio la manicure a settantamila lire al mese.

Il dolore sciupa. Me lo ripeto la sera, prima di andare a dormire, quando mangio da sola nella piccola cucina della padrona di casa. Penso che sono stanca di stare sola, stanca di faticare per vivere, stanca di non avere amici, né un marito né una casa mia. Ma, secondo gli insegnamenti di Giulia, cerco di convincermi che tutti questi sentimenti sono degli oggetti superflui che porto con me e di cui mi devo liberare.

Forse una volta svuotata del tutto, sarò contenta, mi dico. Ma ci sono ancora molte cose di cui non riesco a disfarmi.

Ho rivisto Giulia pochi giorni fa. È venuta al negozio. Ha posteggiato la sua bella macchina davanti al marciapiede e poi è entrata gridando il buongiorno a tutti.

"Come stai Giulia?"

"Benissimo. Sai che aspetto un figlio?"

"Allora hai rinunciato allo svuotamento?"

"No. Non ho affatto rinunciato. Tu credi che basti un figlio per riempirsi di nuovo di oggetti ingombranti? Ma lo sai che dentro di me è talmente vuoto che non c'è posto per uno spillo?"

"Se è vuoto, il posto c'è."

"Il vuoto, quando è veramente vuoto, assomiglia al pieno, non lo sai?"

"Io invece non ci riesco. Non so come fare."

"Si vede che non ci riesci. Hai un'aria da poveretta."

"Vorrei sposarmi."

"Lo dici come diresti che vuoi essere riempita di miele. Hai nostalgia di quei mobili vecchi e di quella polvere che ti tenevano compagnia prima della pulizia generale. Fai pure. Ma vedrai che starai sempre male."

In quel momento mi sono ricordata di mio padre. Era da tanto che non pensavo piú a lui. Mi accorgevo che lui e Giulia si assomigliavano. Solo che lui aveva adoperato un metodo antico per raggiungere la felicità: cioè la finzione e aveva finito per trasformare la sua vita in una odiosa commedia. Giulia invece che era piú moderna e piú coraggiosa, aveva avuto la forza di liberarsi veramente del dolore rinunciando ai sentimenti ed era lí, bianca e bella come una statua, i grandi occhi azzurri fissi nel vuoto, le mani fredde ed eleganti abbandonate fra le mie e sorrideva, muovendo appena le labbra.

LE LENZUOLA DI LINO

Questa mattina ho trovato un buco nelle lenzuola di lino, grande cosí. Sono sicura che è stata Elena, con le sue maledette sigarette. Lo sa che io tengo molto alla biancheria di casa; sa che queste lenzuola di lino fanno parte del mio corredo di nozze; sa che io ne sono orgogliosa e gelosa. Appunto perché lo sa, mi fa di questi dispetti.

Giorgio, appena sveglio, ha chiamato, come al solito, per il caffè. Io ero già in cucina a prepararlo. "Vengo," ho gridato e mi sono affrettata a tirare fuori le tazzine dalla credenza.

Ho bollito il latte, ho tagliato quattro fette di pane, ho messo ogni cosa sul vassoio e mi sono avviata verso la camera da letto. Ho spinto la porta col ginocchio. Giorgio ed Elena erano a letto e mi guardavano avanzare col vassoio tra le mani. Giorgio era seduto, la testa arruffata appoggiata contro la testiera, il pigiama aperto sul petto peloso. Elena era ancora sdraiata. La sua grossa testa tonda sporgeva dal lenzuolo, ancora rattrappita dal sonno. I suoi larghi occhi azzurri seguivano pigramente le mie mosse.

"Dove lo devo posare?"

"Qui tesoro."

"Qui dove?"

"Sulle mie ginocchia."

"Elena dorme ancora," ho detto tanto per dire, sebbene vedessi benissimo che aveva gli occhi aperti.

"No, non dormo. L'hai portato il latte per me?"

"Sí, è lí sul vassoio. Ah, ho dimenticato lo zucchero."

"Corri a prenderlo, topolino."

Gli ho detto tante volte di non chiamarmi topolino. Ma lui non tiene conto di quello che gli dico. Sono tornata in cucina, ho preso la zuccheriera e gliel'ho posata sul vassoio, accanto al bricco del latte.

"Cosa ci fai oggi per pranzo, topolino?"

"Ti prego di non chiamarmi topolino."

"Sono tuo marito o no?"

"Che c'entra?"

"Beh, un marito ha il diritto di chiamare sua moglie come vuole."

Elena si è tirata su mollemente, ridendo. Ha allungato una mano verso il vassoio, facendolo vacillare sulle ginocchia di Giorgio. Poi ha afferrato una fetta di pane e l'ha immersa nella tazza piena di latte.

"Siediti qui, topolino."

"Ho già mangiato."

"Beh, siediti lo stesso e dimmi cosa hai sognato stanotte."

"Io non sogno mai."

"Non è possibile."
"Mai, mai, mai."
"È un brutto segno."
"Perché?"
"Vuol dire che non hai niente dentro."

Elena si è messa a ridere. Non ho capito cosa ci trovasse di spiritoso in quello che diceva Giorgio. Ma lei ride spesso senza ragione. Scuote la testa in modo che i capelli le si rovescino sugli occhi e sulle guance. A Giorgio piace vederla ridere. La guarda scuotere i capelli e sorride soddisfatto.

Da quando siamo sposati molte cose sono cambiate. Soprattutto in questi ultimi mesi, da quando Elena sta con noi. Non ho mai visto Giorgio comportarsi in maniera cosí goffa e sorniona. Apparentemente la nostra vita sembra essere rimasta quella di prima; ma in realtà tutto si è trasformato.

Ricordo ancora il giorno che l'ha portata in casa. Ha aperto la porta tenendola per mano. Era molto allegro ed eccitato.

"Ada, ti ho portato un'amica," ha detto.
"Amica di chi?"
"Tua e mia. Da oggi abiterà con noi."
"Ma io non la conosco."
"Avrai tempo di conoscerla."
"Dove dormirà?"
"Nel letto grande, con me. Ti secca?"
"Nel letto grande? Fra le mie lenzuola di lino?"
"Se preferisci, comprerò delle lenzuola di cotone."
"No, no. Tieni pure quelle di lino."
"Tu puoi dormire in salotto, nel divano letto."

"È molto duro quel letto."

"Elena ti aiuterà a cucinare, a tenere in ordine la casa. Vedrai che ti sarà di molto aiuto."

"Sa cucinare?"

"Non lo so. Vedi, Elena è un po' viziata. Ma sono sicuro che si abituerà alla nuova casa e ti aiuterà nei lavori domestici."

"Viziata come?"

"Beh, sai, a casa sua era abituata a non fare niente, a dormire tutto il giorno. Ma è cosí buona e volonterosa. Sono sicuro che ti piacerà."

Fino a quel momento non l'avevo guardata. L'idea che dovesse adoperare le mie lenzuola di lino, mi irritava. Speravo, non guardandola, di farla sparire. Ma era lí, lunga e bianca e scuoteva il capo ad ogni parola di Giorgio. Allora ho alzato la testa per osservarla bene. Per prima cosa ho incontrato i suoi larghi e tranquilli occhi azzurri che mi fissavano curiosamente. Eccetto quegli occhi quasi spropositati, la sua faccia non ha niente di speciale: è tonda, bianca, con i tratti regolari. Il corpo assomiglia alla faccia: grassoccio, pulito, di taglia normale.

Quella sera Giorgio è rimasto a casa per aiutarci a preparare una grande torta di mele. Si è infilato il grembiule e ha sbucciato le mele, chiacchierando con Elena. In quell'occasione ho capito che Elena non sapeva fare niente; quando voleva aiutarmi, mi impacciava. Cosí, da allora, non le ho piú chiesto di lavorare in cucina. Preferisco arrangiarmi da sola, faccio piú presto.

Abbiamo anche stappato lo champagne quella sera, per festeggiare l'avvenimento. Elena ne ha bevuto due bicchieri e si è ubriacata. Giorgio l'ha presa in braccio e l'ha portata sul letto. Poi mi ha chiamata perché l'aiutassi a spogliarla. E cosí l'ho vista nuda. Col vestito le avrei dato ventotto anni, senza vestito né dimostra dieci di piú. Non so perché, mi ha fatto piacere che fosse piú vecchia di me. Ho dato un ultimo sguardo alle mie delicate lenzuola di lino ricamate a mano e me ne sono uscita lasciandoli soli.

È vero quello che dice Giorgio, che Elena è buona e affettuosa. Solo che spesso si annoia e per passare il tempo, mi fa qualche dispetto. Di solito passa la giornata a leggere i fumetti sdraiata sul letto o a laccarsi le unghie o a spazzolarsi i capelli. Alle volte si addormenta e allora non la sento piú fino alle sette, ora in cui deve rientrare Giorgio. Poco prima che lui arrivi, Elena si veste in fretta e furia, si trucca, si pettina, si infila le scarpe coi tacchi alti e appena lui apre la porta, gli corre incontro con dei gridi di gioia.

Qualche volta usciamo tutti e tre insieme. Andiamo al cinema o a passeggio per le vie del centro. In questi casi, devo ammetterlo, Giorgio si comporta molto bene. Mi tratta come una vera moglie: mi prende a braccetto, mi sussurra delle paroline divertenti all'orecchio, si fa da parte quando dobbiamo entrare in qualche locale. Ed Elena ci viene dietro, a passi lenti, un po' immusonita. Quando incontriamo qualche amico, Giorgio la presenta come una cugina di sua moglie, cioè mia. "Ha perduto il marito," dice, "e adesso abita con noi. Non ha nessuno, poveretta."

Elena non parla mai. Sorride. Chiede il gelato. La sua grande passione sono i gelati. Giorgio, a volte l'accontenta, a volte le grida che d'inverno i gelati fanno male e tira via.

Appena rientriamo a casa, le cose cambiano

immediatamente. Giorgio non mi guarda piú, quasi non parla piú con me, se non per fare ridere Elena, come quando mi chiama topolino. Elena, sicura di sé, comincia a chiacchierare di cose noiose; oppure si sdraia sul letto con i suoi fumetti e pretende che io corra a portarle un bicchiere di latte gelato quando ha sete.

Non è che Elena voglia mandarmi via da casa. Senza di me come farebbe ad andare avanti? I suoi dispetti sono soltanto scherzi di una persona viziata. Ma non si rende conto che gli scherzi sulle mie lenzuola di lino sono per me insopportabili.

"Se continui a fare buchi nelle lenzuola di lino, me ne vado di casa," le ho detto in un momento di rabbia.

"Non dirlo. Giorgio si seccherebbe moltissimo."

"Che si arrangi."

"Ma è tuo marito."

"Che può farmi?"

"Può denunciarti per abbandono del tetto coniugale."

"Credi che Giorgio si addolorerebbe?"

"Non lo so. Ma se te ne vai, io non posso piú vivere con lui."

"Perché?"

"Non siamo mica sposati."

"Beh, che importa?"

"Capirebbero subito che siamo amanti."

"E allora?"

"Non mi va. Cosa direbbero i vicini?"

"E chi se ne importa dei vicini?"

"Io sí. Non mi va di passare per una amorale."

In realtà non ho nessuna intenzione di andare via di casa. Da sola mi annoierei. E poi, francamente, Giorgio è mio marito e credo che il mio posto sia accanto a lui. Se dico che me ne vado, lo faccio per spaventare Elena. Mi piace per una volta vederla farsi attenta e seria mentre le parlo.

Fa poco tornerà Giorgio. Stasera ho preso una grande decisione. Gli dirò che si compri un paio di lenzuola di cotone per il letto dove dorme con Elena. Non sopporto che le mie lenzuola di lino vengano ridotte a brandelli.

MARCO

Quando l'ho sposato frequentava ancora l'università. Gli mancavano due anni per diventare ingegnere. Ma non studiava mai. Diceva che gli piaceva guardarmi i piedi.

Io infatti ho dei piedi molto belli, lunghi e duri, come due piccoli cadaveri conservati sotto ghiaccio. Hanno anche la pesantezza e l'immobilità dei cadaveri. Si può dire che cammino con le gambe ma non con i piedi; cioè i piedi si muovono ma come fossero due pezzi di marmo infissi in fondo alle caviglie.

Marco si divertiva molto a guardare i miei piedi: era capace di stare immobile sul letto per delle ore, tenendo i miei piedi nudi sul petto e guardandoli da vicino. Io mi annoiavo un po', ma lo lasciavo fare. Non ho mai avuto una particolare simpatia per i miei piedi che trovo stupidi e inespressivi.

Quando non guardava i miei piedi, Marco dormiva o mi parlava a voce bassa, tenendo gli occhi socchiusi, dei suoi ricordi d'infanzia. Marco infatti viveva per ricordare. La sua testa era sempre ingombra di ricordi, memorie, fatti e persone del passato. Al futuro non ci pensava mai e il presente lo stupiva soltanto come una cosa penosa e assurda. Appena poteva, si rivolgeva al passato e si dimenticava completamente di quello che stava facendo in quel momento. I suoi studi, per questo, andavano malissimo. E suo padre, che era un ingegnere e lo manteneva, si arrabbiava e lo rimproverava continuamente.

Marco diceva che i miei piedi gli ricordavano una statua che c'era nel giardino lombardo in cui aveva passato l'adolescenza.

"Com'era questa statua?"

"Un po' come te, piccola e bianca, grassoccia, con due bande di capelli che le coprivano le orecchie, il petto piccolo, le gambe massicce, i piedi bianchi e belli come i tuoi, con una piccola gobba di carne sul dorso, proprio come te."

"Perché ti piacevano quei piedi?"

"Mi piaceva guardarli. Qualche volta, quando ero sicuro di non essere visto da nessuno, mi chinavo a baciarli e li leccavo anche un po'."

Ma piú spesso mi parlava di sua madre, che poi era la donna della statua, soltanto piú matura. Quando me ne parlava, gli si rallegravano gli occhi.

"Sai com'era mia madre?"

"Lo so, bellissima."

"No. Era senza peso. Quando è venuta la guerra è volata via."

"È morta?"

"No. È sparita. Non lo so se è morta. È scomparsa. Ma a quei tempi rassomigliava ancora alla statua. Era giovane e bella. Anche se portava degli orrendi vestiti a fiori neri."

"Che faceva tua madre?"

"Niente. Stava sempre sdraiata su una sedia a strisce e leggeva un giornale o guardava nel vuoto con un'aria insoddisfatta. Io giocavo accanto a lei, senza mai allontanarmi. Qualche volta le davo fastidio, allora lei mi mandava via con un piccolo calcio. Mi piaceva molto mia madre. Era la donna piú bella del mondo."

Dopo alcuni mesi di questa vita, il padre di Marco ci ha minacciati di lasciarci senza soldi se Marco non si rimetteva a studiare. E Marco ha ripreso a studiare, svogliatamente, per compiacere il padre, interrompendosi continuamente per raccontarmi di sé e della sua infanzia, della madre, della statua di marmo e del giardino.

Ogni giorno, verso le quattro, uscivo a fare la spesa per la cena, lasciandolo alla scrivania, chino sui libri. Quando tornavo, lo trovavo sempre allo stesso posto, nella stessa posizione, sveglio ma immobile, gli occhi fissi davanti a sé, nel buio. Allungavo una mano verso la parete e accendevo la luce. Marco non si voltava.

"Hai studiato?"

"Sí certo."

"Perché non accendi la luce quando è buio?"

"Sai che stavo pensando poco fa?"

"Cosa?"

"Alla mamma quando aveva diciassette anni. Mio padre era un uomo di campagna. Lei veniva da Milano. Aveva un'aria cittadina che intimoriva. Era una bellezza la mamma quando era ragazza e si portava dietro ogni settimana un uomo diverso. Aveva delle gonne larghe larghe che quando faceva un movimento cascavano da una parte denudandole un poco le caviglie."

"Ma tu come lo sai di quando tua madre aveva diciassette anni?"

"Me lo immagino."

"Perché non studi?"

"Senti; portava dei cappelli flosci coperti di rose di pezza. E mio padre si era innamorato prima di quei cappelli cittadini e di quelle gonne parigine che di lei. Mio padre è sempre stato uno scemo. Sai come la chiamava quando erano fidanzati? Micina. Si può essere piú disgustosi? E credeva che lei lo sposasse per amore. Che idiota!"

"E perché l'ha sposato allora?"

"Per noia. Era da dieci anni che lui le stava appresso, da quando lei era una bambina e lui un ragazzo con un sacco di orribili capelli che gli crescevano sulla fronte. Lei amava gli uomini belli. Le piaceva ballare, ridere, fare l'amore. E lui invece era sempre in mezzo alle carte. Ma la voleva a tutti i costi e alla fine l'ha avuta. Per stanchezza. Lei l'ha sposato per fare rabbia a un altro che amava e che non si decideva a sposarla. Cosí, da un giorno all'altro, dopo dieci anni che gli diceva no, una mattina gli ha detto sí, sposiamoci e andiamocene in campagna."

"E poi?"

"Poi niente. Lei si annoiava da morire. E quando è venuta la guerra, è sparita."

"È andata via con un uomo?"

"Sai che quando ero piccolo, aveva l'abitudine di mettermi le dita in bocca."

"Chi?"

"Mia madre. Per vedere se avevo messo dei denti nuovi. Io mi vergognavo un po', specialmente quando lo faceva davanti a mio padre, ma mi piaceva sentire le sue mani grassocce in bocca. Prima infilava un dito, lo faceva scivolare lungo le gengive, tastando, spingendo, poi un altro, poi un altro ancora. Quando tirava fuori la mano tutta bagnata di saliva, diventavo rosso e scappavo. Lei rideva. Mi dava un colpo sulla testa e rideva."

"Perché non studi invece di pensare a tua madre?"

"Ho studiato. Adesso sono stanco. Sai com'è finita la mamma?"

"Come?"

"Bruciata viva sotto un bombardamento."

"Non mi avevi detto che era sparita?"

"Sí, sparita, bruciata, è lo stesso."

"Adesso studia un'altra ora, poi mangiamo. Dopo, se vuoi, andiamo al cinema."

"Non ho voglia di andare al cinema. Lo sai che non mi piace. Staremo a casa invece. Ti racconterò della mamma quando era ragazza."

"Me l'hai già raccontato."

"Non c'è fine a quello che potrei raccontarti di lei. Di quando per esempio, beveva l'uovo crudo facendo due buchi minuscoli con le unghie. Era bravissima. Faceva toc con l'unghia dell'indice e si staccava un tondino di guscio. Poi toc dall'altra parte. E cominciava a succhiare. Oppure di quando faceva i bagni di vapore e io mi accoccolavo dietro la porta a sentire il boato della stufa. Fammi entrare, gridavo. Lei rideva da dentro, ma non mi apriva. Poi usciva, tutta rossa, avvolta in un asciugamano. Cominciava a infilarsi le calze. Le dicevo: fammi vedere. Lei mi spingeva con un piede. Mi dava un piccolo calcio, senza farmi male, per togliermi di torno. Ma io non me ne andavo. Ero troppo contento accanto a lei."

"Vado a prepararti la cena."

"No, aspetta. Ti ho mai raccontato di quando lei mi ha scoperto che abbracciavo i piedi della statua?"

"Se non preparo la cena, non mangiamo stasera. È tardi."

"Va bene. Adesso vengo ad aiutarti."

Dopo due anni Marco aveva dato quattro esami di cui due erano andati male. Il padre ci ha dimezzato il mensile: anziché centomila lire al mese, cinquanta. Marco ed io abbiamo preso a mangiare uova al tegame e insalata, come dopo la guerra. Ma Marco non era triste, non era seccato. Non gli dispiaceva fare la povertà; diceva che gli ricordava l'infanzia.

"Forse mi metterò a lavorare," dicevo.

"Come vuoi. Io ho molto da studiare. Ma come farò tutto il giorno senza di te?"

Ci stendevamo sul letto. Marco prendeva i miei piedi nudi in mano, li carezzava, li baciava. Stava a occhi chiusi, fermo, come se dormisse, ma non dormiva.

"A che pensi?"

"A quando ero ragazzo."

"Perché non pensi a ora, a me. Sei un uomo ormai."

"Sai che tutti i lunedí del mese mi alzavo alle cinque per andare col figlio del beccaio a vedere sgozzare le pecore. Entravo in uno stanzone buio, col pavimento di cemento tutto unto di sangue. Da una parte c'era una montagna di paglia, su una tavola erano sparsi secchi, coltelli, rasoi. Faceva un gran freddo lí dentro, anche d'estate. Veniva il padre del mio amico, con un grembiule di tela cerata addosso; prendeva una pecora fra le gambe, le poggiava la testa su un ceppo e con un coltello le apriva la gola. Il sangue non schizzava. Io mi aspettavo sempre che schizzasse, invece colava ed era nero e lucido e andava a incanalarsi sul pavimento e alla fine si raccoglieva dentro una pozza profonda. In quella pozza stagnava il sangue e c'era un odore dolce e pesante: era sempre coperta di mosche. La pecora intanto guardava con un occhio solo. Guardava proprio me, come per dire: ma che fai lí cretino e porco. Io provavo un dolore nelle viscere che era anche un piacere. Non riuscivo a staccare gli occhi dalle mani del beccaio e dal sangue che colava."

"Perché non pensi a me? Io sono qui. La tua infanzia è morta ormai."

"Certe cose non muoiono mai."

"Io invece non mi ricordo niente di quando ero piccola."

"Tu infatti vivi nel presente e non sei felice. Solo il passato dà felicità."

"Cosa c'è di bello a ricordare?"

"È la cosa piú bella del mondo. Quando ricordo vivo, quando non ricordo sto male; mi sembra di essere già morto."

"Ma perché?"

"Perché il presente è soltanto quello che è, mentre il ricordo è sempre qualcos'altro."

"Ma cosa?"

"Una deformazione deliziosa che mi fa girare la testa."

Un giorno è venuto a trovarci il padre di Marco. Era mattina, tardi; eravamo tutti e due nudi sul letto a parlare. Cioè Marco mi raccontava della sua infanzia e io lo stavo a sentire. Marco teneva i miei piedi stretti al petto, aveva gli occhi chiusi, e parlava con una voce bassa e monotona, delirante.

La porta di casa, non so come, era rimasta aperta e cosí non ci siamo accorti del padre che quando è entrato in camera e ci ha visti nudi sul letto.

Io ho cacciato un grido e mi sono tirata la coperta sul petto. Marco ha aperto gli occhi, ha visto il padre e non si è mosso.

"Cosa vuole quell'idiota?" ha detto, rimanendo disteso, nudo, con un'aria beffarda e malinconica.

Il vecchio ha cominciato a urlare. Urlava cosí forte che non si capiva quello che diceva. Marco non ha neanche fatto l'atto di coprirsi. E suo padre, ad un certo momento, ha preso a dare calci ai mobili, rovesciando tutto quello che gli capitava sotto le mani. Con un pugno ha rotto il grande specchio appeso al muro, con un calcio ha mandato per terra la scrivania di Marco con tutti i libri sopra. La mano sanguinava, era coperta di schegge, ma non si fermava. Ad un certo punto ha afferrato una sedia per la spalliera e si è precipitato sul figlio.

"Sei un vecchio idiota."

La voce calma e rabbiosa di Marco l'ha fermato. Il vecchio ha lasciato cadere la sedia e si è buttato sul letto piangendo.

"Mio figlio è morto," diceva fra i singhiozzi, "il mio Marco è morto, non lo vedrò piú, è finito tutto."

"Vai a piangere da qualche altra parte, coccodrillo," gli ha gridato Marco in un orecchio.

Il vecchio si è alzato, si è asciugato gli occhi con un lembo del lenzuolo ed è uscito, sempre farfugliando fra i denti che suo figlio era morto ed era tutto finito.

Da quel giorno non abbiamo piú ricevuto una lira da lui. Per qualche tempo abbiamo vissuto vendendo i mobili. Poi, io mi sono trovata un lavoro in un'agenzia di viaggi. Marco mi veniva a prendere all'uscita, ogni giorno. Appena lo vedevo gli chiedevo se avesse studiato.

"Certo," rispondeva. Ma sapevo che non era vero.

Io guadagnavo settantamila lire al mese e vivevamo facendo molta economia, stretti in una sola stanza che serviva da camera da letto, da soggiorno e da studio. Marco stava sempre in casa mentre io ero al lavoro. Ogni tanto mi telefonava dal bar sotto casa e mi chiedeva come stavo.

"Bene. Stai studiando?"

"Sí."

"A che punto sei arrivato?"

"A buon punto. Penso che a ottobre darò un esame. Ma volevo raccontarti una cosa che mi è successa mentre studiavo oggi pomeriggio."

"Che cosa?"

"Stavo facendo dei calcoli, quando ho sentito un pugno colpirmi alla testa. Mi sono voltato, ma non c'era nessuno. Non capivo cosa fosse. Stavo male. Mi ronzava la testa. Mi bruciavano gli occhi. Sono corso in bagno per mettere la testa sotto l'acqua. Sono stato lí un po', mezzo inebetito, sotto il getto del rubinetto; poi, con la faccia bagnata, gli occhi gonfi, mi sono affacciato alla finestra. Tu non ci crederai... ho visto subito che non si trattava del solito cortile con le macchine allineate, ma di un giardino con le aiole e gli alberi. Non capivo piú niente. Intanto mi sentivo proprio bene. Il dolore era passato e avevo ripreso a respirare senza fatica. Ho chiuso gli occhi, poi li ho riaperti e ho capito che quello che avevo davanti era il mio giardino."

"Marco, tu hai avuto una allucinazione."

"No. Era proprio il mio giardino. E sai cosa c'era in fondo, dietro le aiole e i cespugli di oleandri? La statua, la mia statua. Anche da lontano potevo vedere i suoi piedi nudi brillare sotto il sole. Sono rimasto lí, incantato, a guardare. Avevo paura che tutto svanisse da un momento all'altro. Ma sai chi ho visto ad un certo punto, sul fondo, accovacciato per terra a giocare con i sassi? Me stesso. Avevo dei pantaloncini corti e un berretto giallo. Giocavo con tanta attenzione che non mi sono nemmeno accorto che qualcuno mi stava osservando. Poi ho sentito la voce di mia madre che veniva dalla casa e subito dopo il suo passo strascicato sulla ghiaia. Il cuore mi batteva. Adesso la vedo, pensavo. E pregavo che avesse il suo vestito coi tupilani neri. Infatti, eccola. Camminava lentamente, con aria pigra e divertita, facendo ballare il vestito coi fiori neri attorno alle gambe. In quel momento ho sentito il suono di una tromba di automobile e tutto è svanito. Cosí, scomparso. Mi sono seduto sul bordo della vasca, sconsolato."

Quella sera, quando l'ho visto all'uscita dell'ufficio, venirmi incontro sulla strada, ho capito che stava male. Aveva la faccia storta, gli occhi arrossati e gonfi, le mascelle contratte.

"Non vuoi che andiamo al cinema per distrarci un po'?"

"No."

"Cosa vuoi fare?"

"Andiamo a casa."

"Si sta male in quella piccola stanza, con questo caldo."

"Vieni, voglio mostrarti qualcosa."

A casa, mi ha fatto sedere sul letto e mi ha messo in mano un libro. L'ho aperto. In prima pagina, sopra il titolo, una mano infantile aveva scritto il proprio nome e la data: Marco Annoni, 1° giugno 1942. Sotto, incollata, c'era una fotografia sbiadita; una faccia magra e triste dalla fronte aggrottata; due lunghi occhi chiari e tristi.

"Sei tu?"

"Non sarò mai piú cosí."

"Perché vorresti essere cosí? Adesso sei meglio. Sei un bell'uomo."

"Mio padre ha ragione; Marco è morto."

"E tu chi sei?"

"Un'escrescenza, una cosa che non mi riguarda, un'appendice ridicola."

"E io non esisto?"

"Non esistiamo né tu né io. La nostra vita è lugubre, triste, insensata. È comune, simile a tutte le altre. Quando ero bambino ero diverso, ero unico. Adesso faccio schifo."

"Non mi vuoi bene?"

Invece di rispondermi, Marco si è seduto per terra, mi ha denudato i piedi, se li è presi in mano e ha cominciato a leccarli.

Due giorni dopo mi ha telefonato di nuovo

mentre lavoravo. Ho sentito che aveva la voce nervosa ed euforica.

"Che c'è?"

"È successo di nuovo."

"Cosa?"

"Il pugno in testa, il dolore, la visione del giardino dalla finestra del bagno."

"Telefonerò a un dottore. Forse stai male."

"Sto benissimo. Era molto bello."

"Cosa?"

"La visione. Mia madre veniva avanti dal fondo del viale delle dalie. Camminava leggera e pensierosa, nel suo vestito a tulipani neri, la faccia bianca bianca, gli occhi cerchiati di viola. Quando mi ha visto però, invece di sorridermi, ha fatto il gesto di darmi un piccolo calcio, come faceva quando ero piccolo. Intanto la sua voce diventava dura, cattiva. Mi diceva: 'Se tu non fossi cresciuto io sarei rimasta cosí. Se tu non avessi quelle braccia cosí lunghe, io sarei ancora qui. Se tu non avessi quelle gambe cosí alte, io sarei ancora giovane. Se tu non avessi quella barba, io sarei ancora una ragazza. Se tu non avessi quella pelle dura e ispida, io non sarei invecchiata e poi morta. Ma tu hai sciupato tutto. Hai voluto crescere, diventare un uomo.' Quando si è avvicinata ho visto che aveva la faccia bianca, dura, come pietrificata. La sua voce diventava acuta, lacerante: 'Se tu non fossi cresciuto, piccolo egoista, tutte queste rovine non ci sarebbero state. Tutti questi orrori non sarebbero successi. Adesso sono sfigurata e decomposta. Se tu non fossi cresciuto, tutto sarebbe rimasto come prima.' Ecco, diceva cosí e io non volevo piangere, ma piangevo; volevo gridare che non era colpa mia, che io avrei rinunciato alla mia vita per tornare indietro, per ridarle la giovinezza, ma non riuscivo ad aprire la bocca. E cosí lei se n'è andata senza salutarmi, voltandomi la schiena con rabbia."

Pensavo di andare a parlare con mio suocero. Avevo paura che Marco fosse malato. Ma due giorni dopo, mentre ero in ufficio, mi hanno chiamata di corsa a casa, perché Marco si era buttato dalla finestra. Sono accorsa. Giú nel cortile, sopra il tetto di una lunga automobile celeste c'era il corpo ormai freddo di Marco. Aveva sbattuto la testa ed era morto subito.

Sono tornata ad abitare con mia sorella, come prima di sposarmi con Marco. Di tutte le cose della nostra casa ho conservato solo quel libro con la fotografia di lui bambino. Ma non la guardo mai; io non ho memoria e non penso mai al passato.

DIARIO CONIUGALE

12 Febbraio

Ci siamo sposati. Il padre di Giulio ha scritto dalla Sicilia che ci maledice. E chi se ne frega! Tanto chi lavora sono io. E lui vive con me, in casa mia. Che ci può fare quel vecchio cretino? Giulio ha la pelle liscia che sembra porcellana.

18 Febbraio

Per non perdere lo stipendio del padre, Giulio continua a scrivergli che studia, che dà esami. Il padre risponde con lunghe lettere che lui butta nel cestino. L'importante è impadronirsi dell'assegno.

8 Marzo

Quasi un mese che siamo sposati. Giulio non sembra contento. È diventato nervoso, pigro. Non apre quasi piú bocca. Amore: poco.

10 Aprile

Un altro mese. In ufficio le cose vanno male: il lavoro aumenta, la paga resta la stessa. Ho scoperto che Giulio è abitudinario. Gli piace fare sempre le stesse cose. Facciamo una vita regolare, monotona. Lui studia, io lavoro. La sera ceniamo in cucina e poi ci mettiamo davanti alla televisione. Niente amici. Niente cinema. Niente passeggiate.

16 Maggio

Adesso che fa caldo, la sera andiamo a sederci sotto la galleria Umberto. A Giulio piace il gelato. Gli piace stare seduto in quello spazio recintato da alberelli nani e ascoltare la musica dell'orchestrina. Io mi annoio da morire. Ma non dico niente, per amore suo.

3 Giugno

Giulio è triste. Non so che ha. Studia sempre. Finora non ha dato un esame. A suo padre ha scritto che l'anno prossimo si laurea.

20 Giugno

Se gli dico che è un marito freddo e scostante, non mi risponde. Se gli dico che ho voglia di fare l'amore, mi dice che dopo non riesce a studiare. Se gli dico che il gelato sotto la galleria è una cosa da vecchi, mi guarda con ferocia.

7 Luglio

Un altro mese. E Giulio non cambia. Dormiamo nello stesso letto, ma non ci tocchiamo mai. Gli ho detto che prima di sposarci era diverso, che gli piaceva fare l'amore. Mi ha risposto che l'amore è una cosa da animali. Ma prima di sposarci non la pensavi cosí, gli ho detto. Prima di sposarci era giusto cosí. L'amore è come la fioritura degli alberi. C'è un momento che gli alberi diventano belli, profumati e si riempiono di fiori. È il momento dell'amore. Poi basta. Per un altro anno, non ci si pensa piú. Ma noi non siamo mica alberi, gli ho detto. Lo siamo piú di quanto credi, mi ha risposto.

16 Luglio

Sembrava che dovesse dare gli esami. Aveva studiato tanto. E poi, all'ultimo momento non è andato. Ha la faccia ossuta e testarda. Ha gli occhi duri. Dice che mi ama. Ma non riesco a capire come. Studia, studia sempre.

30 Agosto

Fa un caldo che si crepa. Gli ho chiesto se vuole andare un po' al mare quando avrò le ferie, fra otto giorni. Non mi ha neanche risposto. Ha cominciato a scrivere freneticamente su un quaderno. Quando torno dall'ufficio, mi spoglio e mi infilo dentro la vasca piena di acqua fredda. Giro per casa nuda per provocarlo. Ma non mi guarda nemmeno.

7 Settembre

Cominciate le ferie. Non ci muoviamo da Roma. Giulio dice che ha da studiare. Maledizione a lui. Mi sfogo a dormire. Ho un sacco di sonno arretrato.

15 Settembre

Finite le ferie. Sempre in questo appartamento del cavolo, buio e caldo. Giulio studia. Dice che a ottobre darà quattro esami. Ogni cinque minuti mi chiede del caffè ghiacciato.

6 Ottobre

Fra poco cominciano gli esami. Giulio non dorme quasi piú. È intrattabile. Beve caffè. Ha i capelli sporchi. Gli ho detto di lavarseli. Mi ha tirato una pantofola in testa. Non mangia. I panini al prosciutto che gli porto mentre studia li trovo dopo nel cestino della carta straccia.

10 Novembre

Siamo a novembre. La sessione d'esami è passata. Giulio non si è mosso da casa. Ha studiato fino a farsi venire la febbre, e poi, all'ultimo momento, ha detto che non era pronto. Ed è rimasto in camera, al tavolino, a studiare.

22 Novembre

Ieri era il mio compleanno. Ho fatto ventitre anni. Mia sorella Agostina ci ha invitati da lei a cena. Ma Giulio non è voluto venire. Dice che ha da studiare. Da Agostina ho conosciuto Candido. È uno che parla molto e fuma come un turco. Ha gli occhi celesti.

6 Dicembre

Giulio è diventato grigio. Quando l'ho sposato era biondo e bello. Adesso sembra un altro. Ha scritto a suo padre che ha dato quattro esami. Il padre si congratula. Manda soldi. Scrive lunghe lettere che Giulio butta via senza leggere.

15 Dicembre

Candido vorrebbe che io stessi sempre con lui. Ma io devo lavorare. E poi devo badare a Giulio. Che senza di me non mangia, non beve, non dorme. Ma appena posso vado da Candido, nella cantina senza riscaldamento né bagno. Facciamo l'amore su un materasso steso per terra, sotto una coperta piena di buchi. Mi parla con furore della sua pittura, mi riempie di baci, piange, ride. È un divertimento stare con lui.

25 Dicembre

È Natale. Da ieri non c'è acqua perché i tubi si sono gelati. Giulio quando fa cosí freddo, non si veste. Passa dal letto al tavolino. Studia in pigiama, con una coperta sulle spalle. Dice che a giugno darà cinque esami.

3 Gennaio

È cominciato un anno nuovo. Giulio non è voluto uscire né per Natale né per capodanno. Dice che non può perdere nemmeno un minuto; deve studiare. Ho detto che andavo da Agostina. Tanto so che non telefona. Ho passato la notte con Candido. Per festeggiare gli ho regalato una stufetta a gas. E una bottiglia di cognac francese. Appena beve, diventa piú allegro. Balla da solo, nudo, saltellando sul pavimento gelato. Abbiamo mangiato panettone e acciughe sott'olio, e ci siamo scolati l'intera bottiglia di cognac. Quando sono tornata a casa, ho trovato Giulio addormentato sui libri. Aveva continuato a studiare fino alle tre.

2 Febbraio

Fa un freddo cane. L'ufficio dove lavoro è poco riscaldato. Mi sono presa l'influenza. Domani mi voglio comprare un paio di stivali. Giulio non si veste piú. È diventato grassoccio e giallo. Non esce piú di casa. Sta sempre a studiare.

20 Febbraio

Mi sono comprata gli stivali. Ho parlato a Giulio di Candido. Mi ha detto di non rompergli le scatole, che deve studiare. E basta.

6 Marzo

Già marzo! Giulio comincia a essere nervoso per gli esami. È diventato sporco. Quando l'ho sposato era pulito. Adesso non si lava mai e se gli dico che puzza, mi guarda con odio.

8 Marzo

Candido ha venduto un quadro. Ne ha ricavato quarantamila lire. Mi ha fatto trovare un cesto pieno di frutta tropicale e delle scatolette di granchi sott'olio. Abbiamo mangiato fino a farci venire la nausea. Ha comprato anche una nuova bombola per la stufa e abbiamo fatto l'amore al caldo.

20 Marzo

Giulio non mi chiede mai cosa faccio, dove vado. Qualche volta torno a casa tardi, dopo essere stata da Candido. Se ne frega. A lui basta che ad un certo punto della sera gli porti un piatto di minestra sul tavolo dove studia. Qualche volta la mangia, qualche volta no. Poi io vado a letto. E lui resta a studiare fino alle due. Quando entra nel letto, non me ne accorgo nemmeno. Una volta che, in sonno, l'ho abbracciato, mi ha respinta con un calcio. Credo che sia malato. Non è possibile che un ragazzo di ventisette anni sia ridotto cosí.

16 Aprile

Per cambiargli il pigiama devo inventare dei trucchi. Non vuole né cambiarsi né lavarsi. Beve una trentina di caffè al giorno. L'altro giorno ho fatto i conti del mese. Solo per il caffè ho speso quindicimila lire. È una pazzia.

8 Maggio

Non riesco piú a dormire accanto a un uomo che puzza di sudore e di orina secca. Una notte di queste lo butto di forza dentro la vasca piena d'acqua. La vicinanza degli esami lo fa diventare sempre piú scorbutico. Ha ricominciato a digiunare. La cosa strana è che, invece di dimagrire, ingrassa. Ha messo su la pancia.

18 Maggio

Ieri notte, ho aspettato che si addormentasse. Poi, piano piano l'ho spogliato. Poi, con una spugna umida e insaponata, l'ho lavato. Credo che ad un certo punto si è svegliato. Ma non ha aperto gli occhi. È rimasto immobile, con un'aria abbandonata, a gambe larghe. L'ho lavato e asciugato senza bagnare il letto. Come ho fatto non lo so. Aveva delle croste di sporco lungo le gambe e i peli del sesso impiastricciati di grasso.

3 Giugno

Ogni cinque o sei giorni, mi sveglio di notte per lavare mio marito. Lui fa finta di dormire. Gli infilo un asciugamano sotto il corpo e poi, tenendo accanto una bacinella d'acqua calda gli faccio delle spugnature. Da come respira, capisco che gli piace. Una volta ha anche avuto una erezione. Ho pensato che avesse voglia di fare l'amore. Ma non è successo niente. Ha continuato a fare finta di dormire. Di giorno mi tratta come al solito. Non ha mai parlato dei lavaggi notturni, né ha mai mostrato di volersi accoppiare con me.

8 Giugno

Si avvicinano gli esami. Giulio non mangia e non dorme piú. Non posso neanche piú lavarlo. Passa le giornate e le notti al tavolino, a studiare.

16 Giugno

Candido ha venduto un altro quadro, per sessantamila lire. Il compratore è il proprietario di un ristorante. Il soggetto del quadro è un piatto di cipolle sullo sfondo di una mucca squartata.

20 Giugno

Ci siamo. Sono cominciati gli esami. Giulio ha la febbre. Lo vedo dai suoi occhi scintillanti, dalla sua faccia a chiazze rosse. Dice che dopodomani va all'Università.

25 Giugno

Si è vestito di tutto punto. Si è anche lavato i capelli. Ha lasciato il bagno che sembra un porcile. Ha preso i libri, i quaderni ed è uscito. È tornato alle due con una faccia da cadavere. Hai fatto l'esame? Ha detto di sí. Ma ho capito che non era vero. Vuole incominciare a imbrogliare anche me come imbroglia suo padre. Si è seduto a tavola, ma non ha mangiato niente. Quando sono tornata dall'ufficio, alle sei e mezza, l'ho trovato addormentato sul tavolo della cucina.

3 Luglio

È arrivata una lettera del padre. Dice che viene a festeggiare il buon esito degli esami. Giulio ha cominciato a tirare calci ai mobili, alle sedie, al letto. Ha buttato per aria la casa intera. Poi si è addormentato, seduto sul cesso. La faccia incrostata di lagrime di rabbia.

7 Luglio

Giulio ha mandato un telegramma a suo padre di non venire, perché sta male. Risultato: il giorno dopo suonano alla porta. È lui.

15 Luglio

Il padre di Giulio sta in un albergo di via Veneto. Ogni mattina telefona. Ha una voce allegra e imperiosa. All'una viene da noi portando delle paste con la crema e del vino che sa di fragola. Giulio continua la commedia. Dice che a ottobre si laurea. Che ormai ha dato tutti gli esami. Io non parlo. Il padre ci crede o finge di crederci. Ma non si decide a partire.

25 Luglio

Stanotte mi sono svegliata con un senso di freddo. Ero senza coperte. Giulio stava disteso accanto a me, nudo, nella posa abbandonata che prende quando lo lavo. Ho capito che voleva le spugnature. Mi sono alzata, ho versato l'acqua nella bacinella e ho cominciato a lavarlo. Ogni tanto gli guardavo la faccia. Teneva gli occhi chiusi, ma aveva un'aria contenta. La sua pelle giallognola trasudava leggermente. Le sue labbra grigie erano tese e lucide. Avevo sonno, ma ho continuato, fino a sentirmi le braccia di piombo.

13 Agosto

Candido continua a fare quadri. Ma nessuno glieli compra. Ho dovuto prestargli diecimila lire perché non mangiava da tre giorni. Ha la schiena indolenzita per l'umidità. Si lamenta, piagnucola, protesta. Poi gli passa e ricomincia con le buffonate. L'altro giorno per farmi ridere si è dipinto il sedere di verde. Poi si è seduto sul letto e ha lasciato una gran macchia a forma di cuore. Adesso ha la smania di dipingere cipolle. Ce ne sono dappertutto: sul pavimento, appese alle pareti, sul cavalletto, sul davanzale della finestra, sul materasso, sulla stufa.

16 Agosto

Il padre di Giulio è ancora a Roma. Fa dei grandi progetti per il futuro. Sta cercando di trovare un posto per Giulio per quando l'anno prossimo sarà laureato. Non ha ancora capito niente. O fa finta. Non lo so. Cosí ipocriti, padre e figlio; non si capisce mai che cosa pensano.

22 Agosto

Ieri abbiamo mangiato in casa. C'era anche il padre di Giulio. Dopo il caffè, Giulio ha detto che andava a comprare un libro. E non è piú tornato. Verso sera mio suocero è andato alla polizia. Poi siamo andati insieme agli ospedali. Ma niente.

28 Agosto

Di Giulio nessuna notizia. Mio suocero non fa che telefonare. È un rompiscatole formidabile. Tutto vestito di bianco, col cappello di rafia in testa. Suda e parla. Parla e suda. Gli ho dovuto dire che tutti gli esami di Giulio erano una balla.

Ha detto che lo sapeva, che lo sapeva. Allora perché ha fatto tante storie il cretino?

2 Settembre

Il corpo di Giulio è stato trovato nel Tevere, all'altezza della Magliana. Io non sono andata a riconoscerlo. Non ci tengo a vederlo conciato com'è. Ci ho mandato il padre. Col suo vestito di lino bianco e il suo cappello di rafia.

8 Settembre

Il funerale, i fiori, la chiesa, il cimitero. C'eravamo solo noi due: mio suocero ed io. Dove sono gli amici? mi fa lui. Ma quali amici? Giulio non ha mai avuto amici, gli dico. Porta sempre il solito vestito bianco che mi fa venire i nervi. E il cappello di rafia con la striscia di seta nera. Spero che adesso se ne torni al suo paese. Solo a guardarlo mi viene il mal di pancia.

30 Ottobre

Candido è venuto a vivere con me. Mi tiene allegra. Gira per casa nudo terrorizzando le vicine; mi dipinge tutti i mobili di rosso e di giallo; cucina dei piatti arabi e cinesi che mi riempiono la casa di fumo. Quando è stanco di dipingere, si accuccia in un angolo del corridoio e comincia a battere il tamburo, che poi è una pentola. Va avanti a battere fino a notte.

8 Novembre

Ci siamo sposati. Lui tutto vestito di nero e io in giallo canarino. Dopo, tutti gli amici di Candido sono venuti a casa mia. Erano una trentina. Tutti pittori senza una lira e qualche attore senza lavoro. Abbiamo mangiato panini col formaggio e bevuto birra fino alle tre di notte. Alle tre se ne sono andati tutti insieme, lasciandomi la casa come un letamaio. C'era perfino uno che aveva fatto la pipí dentro un piatto.

3 Dicembre

Facciamo molto l'amore. Se Candido sapesse dipingere come fa l'amore, sarebbe un grande pittore. Ha il piú bel sesso che abbia mai visto. Tutto circondato di ricci rossi. Per fortuna ha smesso di dipingere cipolle. Adesso dipinge morti. Morti impiccati, squartati, assiderati, avvelenati, pugnalati, strangolati.

25 Dicembre.

Natale. L'anno scorso a quest'ora stavo tappata in casa con Giulio. Quest'anno sono sempre in giro. Stasera andiamo da Nando, un attore basso e magro, specializzato in parti di frocio. Domani sera andiamo da Telemaco, un pittore che dipinge dei grandi quadri d'oro. E la sera di capodanno la passiamo da Estera, una attrice dei fumetti che porta delle parrucche bionde lunghe fino alla vita e non sorride mai perché ha i denti guasti.

2 Gennaio

È passato un altro anno. Scappato via come un topo. Candido è pieno di euforia. Dice che quest'anno guadagnerà un sacco di soldi coi quadri dei morti. Speriamo. In casa di Estera la notte di capodanno si sono ubriacati tutti. E hanno cominciato a vomitare di qua e di là. Uno mi ha vomitato su un piede. Candido, almeno, ha aspettato di essere per strada. Verso le due è venuta giú la neve.

18 Gennaio

Torno a casa e trovo Candido steso sul tavolo della cucina che fa l'amore con Estera. Mi sono arrabbiata. Ho cominciato a insultarlo. Mi ha detto che la gelosia è una cosa da stupidi. Me ne frego se è da stupidi. Io sono gelosa. Lui ha preso la ragazza per un braccio e se n'è andato.

22 Gennaio

Per due giorni Candido non è tornato a casa. Comincio a pensare che sono stata un'idiota a sposarlo. Non so neanche se gli voglio bene. Solo perché sa fare bene l'amore. Che idiota!

28 Gennaio

Candido è tornato. Ha detto che Estera è una stronza. Lo sapevo. Ha detto che non vuole avere piú niente a che fare con lei. Abbiamo subito fatto l'amore, cosí com'eravamo, vestiti.

4 Febbraio

Candido si è rimesso a dipingere. Ha chiuso gli amici fuori della porta. Dipinge tutto il giorno, curvo sui quadri. La sera facciamo l'amore e poi andiamo a letto.

6 Marzo

Candido ha smesso di dipingere. I morti l'hanno stancato. Passa le giornate a battere sulla pentola, accucciato sul pavimento. Verrà fuori qualcosa di sgradevole, lo so.

17 Marzo

È tornata Estera. Li ho trovati insieme nel letto che dormivano abbracciati. Li ho buttati giú dal letto e li ho sbattuti fuori casa. Candido ha cominciato a gridare che sono una stronza. Che questo è il vero matrimonio, fatto di libertà e di amore. Me ne frego della libertà. Se poi io do una carezza a qualcuno, lui mi mangia. È un lurido egoista.

7 Aprile

Candido è tornato. Abbiamo fatto l'amore. Ma ormai è finito. Non ho piú né amore né desiderio per lui. Adesso mi piace Amedeo, un ragazzo che ho visto una volta in casa di Estera, che fa l'attore. È giovane e magro come una sardina salata. Ha gli occhi gialli, le guance celesti, i capelli neri, le labbra verdi e una gran voglia di fare l'amore.

L'ALBERO DI PLATONE

Io non ho memoria. Ma in compenso sono molto pignola e meticolosa. Per dare un ordine alla mia vita che tende a svanire come acqua al sole, ho sempre tenuto un diario, con l'elenco minuzioso di tutti i fatti che riempiono le mie giornate.

Ma sere fa, aprendo come al solito il quaderno per scrivere le cose che avevo fatto durante la giornata, ho trovato due pagine vuote.

Mi sono molto stupita perché, da quando avevo quindici anni, non mi è mai capitato di saltare un giorno. Eccetto una sola volta, quando mi sono operata di ulcera e per una settimana non sono stata in grado di scrivere.

I giorni quattro e cinque settembre mancavano completamente: erano delle pagine bianche. Ho subito messo in movimento la mia memoria per cercare di capire cosa fosse successo. Ma come ho già detto, la mia memoria è cosí labile, che non trattiene niente e per quanto la interroghi, rimane muta.

A questo proposito, nella prima pagina del

mio diario c'è scritto: "Letto per consiglio di Milena uno strano libro: i dialoghi di Platone. Noioso quanto mai. Non l'avrei finito se non avessi trovato ad un certo punto una osservazione che pareva riguardarmi direttamente. Dice Socrate che la memoria può essere di due tipi: come la pietra che una volta incisa rimane lí per sempre; e come un albero coperto di uccelli: al primo soffio di vento o alla prima goccia, i ricordi volano via e l'albero resta nudo. Non c'è dubbio che io ho una memoria di questo tipo. E i miei ricordi sono provvisori e indipendenti come quegli uccelli di Platone."

Ho riletto lentamente i due giorni che precedono il quattro settembre, per cercare una soluzione all'enigma, ma non l'ho trovato.

La pagina del tre settembre è fitta e coperta di macchie. La trascrivo qui per chiarirla. Dunque: "Tre settembre, ore otto. Discussione con Carmelo per via di un sapone che secondo lui io ho lasciato tutta la notte a sciogliersi nell'acqua. La lite è finita presto perché siamo stati interrotti dal suono ripetuto del clacson sotto casa. Sono scesa di corsa, senza salutarlo. Giacinta mi aspettava, impaziente, dando dei colpi rabbiosi all'acceleratore. Era di pessimo umore. Siamo arrivati all'ufficio senza dire una parola. Lei guidava a scatti, con furia. Ad un certo punto ho avuto paura che andassimo a sbattere contro un camion. Ore dieci. In ufficio fa un caldo terribile: l'aria condizionata si è rotta. Martelli mi ha regalato una penna biro nuova. L'ho ringraziato. Pensavo: 'com'è gentile. Forse mi ama'. Poi invece ho scoperto che la penna me l'ha regalata perché non funziona. Ogni volta che si mette in tasca, spande inchiostro.

Ore una: ritorno a casa. Ripresa la lite con Carmelo. Sempre per il sapone. Lui dice che l'ho fatto apposta per provocarlo. Naturalmente non è vero. Non mi ero nemmeno accorta che il sapone fosse caduto nell'acqua. Ci siamo seduti a tavola. Lui ha mangiato un pezzo del lesso di ieri e poi ha buttato il piatto per terra. Dice che è filaccioso. Per forza, il lesso, quello buono, costa tremila lire al chilo, quello che compro io solo milletrecento. Ha detto che non può masticarlo, che gli va tutto nei denti. Gli ho detto che vada dal dentista. Mi ha detto che non ci sono soldi per andare dal dentista. Gli ho detto che se i soldi non ci sono è per colpa sua; ha voluto due famiglie, adesso le mantenga! Ha detto che sono una cretina.

Non avevo neanche finito di mangiare la mia porzione di lesso, che Giacinta ha cominciato a strombazzare sotto casa e io sono dovuta andare via col boccone sullo stomaco, senza frutta. Carmelo si è affacciato alla finestra. L'ho visto che si sporgeva. Sono sicura che voleva controllare che io davvero fossi uscita per correre a telefonare a Tina.

Ore sedici: Il capufficio mi manda a chiamare. Dice che sono troppo distratta, che se continuo cosí mi dovrà licenziare. Ho detto che non è colpa mia: è la memoria che non funziona. Ha finito per dirmi che non farò mai carriera. Ma questo lo so da me. Dice che non mi può affidare degli incarichi delicati, che può solo farmi fare le cose piú semplici, ma niente incarichi delicati, l'ha ripetuto tre volte e io ho dovuto piegare la testa senza dire niente. A me basta che non mi cacci via. Con quello che guadagna Carmelo come usciere non possiamo certo mantenere due famiglie, la nostra e quella di Tina coi due bambini.

Ore diciotto: Martelli mi ha messo in mano un pacchetto infiocchettato. Ancora una volta ci sono cascata. Ho pensato 'che gentile questo Martelli, ma può darsi che segretamente sia innamorato di me.' Mi guardava con i suoi due occhi celesti furbi e teneri. Mi guardava con insistenza e sospirava. Ho pensato mentre scioglievo il pacco che mi piaceva molto, anche se è grasso che importa, ha la pelle delicata e già pensavo che l'avrei amato come non ho mai amato nessuno in vita mia e pensavo anche che avremmo affittato delle camere negli alberghi e avremmo disertato l'ufficio insieme per passare delle ore a carezzarci e baciarci. L'idea del suo corpo grasso e bianco sopra di me mi spaventava, ma nello stesso tempo mi piaceva.

Ero cosí eccitata che non riuscivo a sciogliere il nodo che avevo fra le dita. Allora ho preso una forbice e l'ho tagliato. Ho scartato i fogli e sotto, in mezzo a tutta quella carta, ho trovato... non si può neanche immaginare... un fallo di gomma, enorme. Sono arrossita credo, fino agli occhi. E tutto l'ufficio era lí che mi guardava, compreso il capufficio. E Martelli era scomparso. Tutti sono scoppiati a ridere. Allora Martelli è ricomparso ridendo. Aveva la faccia tutta rugosa per il ridere, i suoi occhi celesti erano gonfi di lagrime.

Sembra strano che non ho provato rabbia contro di lui. Era lí vicino a me, in piedi, sentivo la sua pancia sussultare contro le mie spalle, in convulsioni e non sapevo che fare. Per fortuna ci hanno pensato gli altri. Il capufficio ha sequestrato il fallo, per 'togliere di mezzo queste sconcezze', ha detto lui, ma gli altri hanno subito malignato che voleva guardarselo bene bene da vicino e per questo se l'è portato nel suo studio. Martelli si è preso delle grandi pacche sulla pancia e si sono dimenticati subito di me, per fortuna: l'eroe era lui. Dicevano che aveva avuto un gran coraggio a portare in ufficio un affare del genere.

Ore venti: A casa, da sola. Carmelo non è ancora tornato; probabilmente sta da Tina. Ho ripensato a Martelli e a quel suo grande membro di gomma. Non so come interpretare lo scherzo: è un invito? un insulto? una dichiarazione d'amore? un'allusione sconcia? una bambinata? Sono curiosa di vedere la sua faccia domattina.

Ore ventuno: È tornato Carmelo. Ha ripreso con quella storia del sapone. Non ci pensavo piú. Non capivo di che cosa stesse parlando. Gli ho chiesto di Tina, tanto per cambiare argomento. Ha detto di impicciarmi dei fatti miei. Abbiamo cenato in silenzio. A metà pranzo ha cominciato a brontolare perché i fagiolini erano freddi, poi perché il pane era duro e le uova non erano fresche. Gli ho detto che non ci sono soldi per mangiare meglio. E poi io non ho tempo. Lavoro come lui. Non ha piú parlato.

Per farlo ridere, gli ho raccontato lo scherzo del collega Martelli. Stavo con la testa chinata sul piatto quando ho sentito una fitta sul dorso della mano. Ho alzato gli occhi. Carmelo stava tentando di ficcarmi una forchetta nella carne

Ho ritirato la mano sanguinante e mi sono riparata sotto la tavola. Ha cominciato a gridare 'cagna', 'cagna' e a tirare dei calci contro il muro. Poi è uscito sbattendo la porta.

Ore ventiquattro. Stavo già dormendo quando ho sentito una gamba di Carmelo infilarsi fra le mie e la sua lingua bagnarmi l'orecchio. Abbiamo fatto l'amore. Erano tre mesi che non lo facevamo piú. Quando abbiamo finito, è rimasto disteso su di me e mi ha chiesto scusa per il colpo di forchetta sulla mano. Gli ho detto che non ci pensavo piú. Ha detto di no, che lui era una bestia e che io dovevo dirgli 'ti perdono con tutto il cuore'. Gli ho detto che lo perdonavo. Ha insistito che aggiungessi 'con tutto il cuore'. L'ho fatto. Ha detto che in questo periodo è un po' nervoso. Gli ho chiesto se era per via di Tina o dei bambini. Mi ha detto di no, che Tina e i bambini stanno bene; ma lui è nervoso lo stesso. Allora gli ho chiesto se era nervoso perché non ci sono soldi. No, ha detto, non è per quello. Gli ho detto che se voleva andare a vivere con Tina, non l'avrei trattenuto. Ha cominciato a gridare che io sono sua moglie, che dobbiamo stare insieme tutta la vita, qualsiasi cosa succeda. Ha ricominciato a baciarmi. Poi si è addormentato, sempre disteso su di me.

Ecco, questa era la giornata del tre settembre. E il quattro e il cinque? Non lo so. Non riesco a ricordare niente. Mi sembra di avere vissuto come gli altri giorni, facendo le stesse cose, vivendo le stesse cose. Ma forse no. Se avessi fatto le solite cose, l'avrei scritto sul diario. Invece ci sono queste tre pagine bianche a dirmi che qualcosa è successo che non ho voluto o potuto trascrivere. Ma cosa?

Ci ho pensato tanto che mi facevano male i muscoli della faccia. Cercavo di concentrarmi, di ricordare. Ma la mia memoria, piú la costringo e piú si svuota.

Solo qualche volta, quando sono del tutto inerte e distratta, può capitarmi di rivivere un ricordo; il passato mi cade addosso come un sacco pieno di patate e mi lascia senza fiato.

Per questo mi sono lasciata andare, ho cercato di distrarmi, di non pensare a niente, di non evocare niente, di dedicarmi ad altro. Ma neanche questo è servito. Come gli uccelli dell'albero di Platone, i miei ricordi erano volati via spaventati e non sarebbero tornati che chissà quando, a capriccio.

Ero avvilita. La tristezza mi impediva perfino di vedere. Ero accecata dalla paura. Ho dovuto telefonare all'ufficio che mi sentivo male e che restavo a casa. Sono rimasta tutto il giorno seduta su una sedia a guardare la parete di fronte a me.

Verso le otto ho sentito suonare alla porta. Con gli occhi velati, a tentoni, sono andata fino all'ingresso. Ho aperto la porta, pensando che fosse Carmelo. Ma non era lui. Ho sentito una voce estranea che mi chiedeva se volevo comprare dei detergenti. Ho detto di no e ho richiuso la porta in fretta.

Solo in quel momento mi sono accorta dell'assenza di Carmelo: non era tornato né all'ora di colazione né all'ora di cena. Ho pensato che certamente era da Tina e i bambini. Ma perché non tornava? Questa domanda mi riportava altre domande che in qualche modo erano legate alle mie due giornate bianche.

Piú interrogavo la mia testa, piú il cervello si torceva dolorante e muto, senza riuscire a stillare una sola goccia di chiarezza.

Sono tornata a sedermi sulla sedia e sono rimasta lí, guardando la parete davanti a me. È strano che, sebbene fossi quasi cieca, non era la cecità che mi spaventava in quel momento, ma il vuoto delle due giornate. Quelle tre pagine bianche in un quaderno tutto scritto e pieno di fatti creavano un disordine fastidioso, qualcosa di assurdo e di inquietante che mi dimostrava improvvisamente quanto fosse in realtà disordinata la mia vita e quanto abbandonata al caso e all'inconsapevolezza.

Sono rimasta su quella sedia per una notte intera, inerte, cieca, in preda al panico. Dalla mia testa non veniva fuori niente, neanche una briciola di quel passato che avrei voluto comporre, identificare.

La mattina dopo, quando ho sentito il sole scaldarmi le gambe, mi sono alzata, e sono andata in camera da letto, automaticamente, con l'idea di rifare il letto che invece era intatto.

Il mio sguardo appannato si è posato su qualcosa di irregolare: uno sportello dell'armadio era rimasto aperto. Mi sono accostata per chiuderlo e ho intravisto, in mezzo ai vestiti appesi, qualcosa di bianco e di luccicante. Ho aperto l'altro sportello e mi sono chinata per capire cosa fosse.

Ci ho messo un bel po' prima di rendermi conto che quello che mi stava davanti era il corpo morto di Carmelo, raccolto su se stesso, le gambe piegate fino al mento, come nel grembo di sua madre.

Sono caduta per terra. Sono rimasta lí, inebetita, frugando nella memoria, adesso affannosamente e velocemente, per trovare un segno, un indizio che mi chiarisse il passato.

Carmelo era morto. Ma com'era successo? Ero sicura che le due pagine bianche volevano tacere proprio questo. E per quanto mi sforzassi, non riuscivo, proprio non riuscivo a ricordare niente.

Ho chiamato la polizia. Un sacco di gente dalle scarpe pesanti ha invaso la casa, parlando a voce alta, dando ordini, facendo domande, prendendo misure, impronte. Si sono portati subito via il cadavere.

Io intanto ho riacquistato la vista. Mi sentivo meglio perché potevo vedere la faccia di chi mi stava davanti e mi interrogava. Ma la mia testa era sempre vuota come una scatola vuota.

Il commissario ha detto che si tratta di un suicidio: Carmelo si è infilato la testa dentro un sacchetto di plastica ed è morto asfissiato.

Al funerale ho visto Tina e i bambini, tutti vestiti di nero. I due bambini assomigliano a Carmelo: sono gracili, bianchi, e hanno le spalle già un po' curve. Tina è una piccola donna grassa e sfatta. Non so cosa ci trovasse Carmelo in lei.

I bambini sono rimasti in piedi tutto il tempo, fermi, educati, tranquilli, senza osare muovere le gambe arrossate dal freddo. Tina mi è venuta incontro, mi ha abbracciata, mi ha baciata e mi ha bagnato il bavero del cappotto di lagrime.

Adesso tutto è sistemato e sembra che dovrei essere contenta. Ma non lo sono. C'è qualcosa che mi inquieta. Io so che se veramente Carmelo si fosse suicidato, l'avrei scritto sul diario.

Per nessuna cosa al mondo io avrei tralasciato di scrivere il mio diario, lo so per esperienza.

Ora, io mi chiedo: Carmelo si è davvero suicidato e perché? O per caso sono stata io a ucciderlo?

A questa domanda non riesco a trovare una risposta. Finché quelle due pagine resteranno bianche, nel mio passato mancherà qualcosa di essenziale e io non saprò se considerarmi innocente oppure no.

Aspetto che me lo dica il mio quaderno. In fondo, tutta la mia coscienza è qui, in queste pagine. Niente in me potrebbe parlare meglio di questo diario che ha una forma mentre la mia coscienza non ne ha, che è composta di un passato e di un presente, mentre la mia coscienza è fuori del tempo, che è piena di ricordi-testimoni mentre la mia memoria è vuota e inerte.

Un giorno o l'altro, sono sicura, qualcosa salterà fuori e allora sarò libera da questa angoscia che mi impedisce di vivere.

MARIA

Quando mi alzo la mattina per andare a lavorare, Maria dorme ancora. Scivolo dal letto senza fare rumore, per non svegliarla; prendo il mucchietto dei panni che stanno appoggiati sulla sedia e me ne vado a vestirmi nel bagno. Chiudo la porta dietro di me, piano, senza fare sentire lo scatto e mi avvio nel corridoio gelato. La nostra casa non ha termosifoni; teniamo delle stufe a gas che però hanno l'inconveniente di scaldare solo un pezzo d'aria per volta. Cosí la casa è divisa in blocchi caldi e freddi che non si mescolano mai fra di loro.

Alle nove sono in ufficio. Per i primi cinque minuti rimango inebetita dal rumore e mi chiedo come ho fatto a sopportarlo fino ad oggi. Non riesco ad abituarmi. Ma lo stupore e la paralisi durano solo pochi minuti, i primi. Poi, il rumore delle macchine utensili al di là dei vetri si trasforma in qualcosa di noto: lo scroscio di una cascata, rotta a intervalli regolari dal rullo di un tamburo. Incomincio a rovistare fra le schede, a mettere in moto la perforatrice elettrica, tenendo a portata di mano la calcolatrice meccanica.

Il mio ufficio è un cubo di vetro piantato in mezzo ad un enorme stanzone di una fabbrica di automobili. Con me lavorano altre cinque persone; tre uomini e due donne. Ormai convivo con loro da piú di sei anni, ma non posso dire di conoscerli. Io parlo poco. Loro chiaccherano, ma non riesco a sentirli: il rumore copre le loro voci. Per farsi sentire, bisogna appiccicare la bocca all'orecchio dell'interlocutore e io non trovo mai niente di tanto importante da spingermi a sfiorare con la mia bocca le teste imbrillantinate dei miei compagni di lavoro.

A mezzogiorno suona la sirena. Gli operai smettono di colpo. Il rumore cessa. Il silenzio, lí per lí dà sollievo, poi diventa insopportabile. Mi accorgo di tante cose che prima non mi infastidivano; gli occhi che bruciano per il neon, le dita indolenzite per l'uso della macchina, l'odore di sudore che galleggia nell'aria tiepida.

Alzo la testa e per la prima volta da quando sono entrata in fabbrica, guardo gli operai. Sembrano contenti di uscire in cortile a mangiare. Alcuni portano con sé dei fiaschi di vino, altri delle teglie di pastasciutta. Mi passano accanto senza vedermi. Sebbene il cubo sia trasparente e pieno di luce, non si fermano mai a guardare dentro. Sono talmente abituati a noi che per loro è come se non esistessimo.

Seguo con gli occhi una ragazza che passa con l'aria indaffarata, il grembiule nero sbottonato sulla gonna corta, le gambe muscolose e forti chiuse dentro i calzettoni a scacchi rossi. La guardo perché di faccia assomiglia a Maria: ha gli zigomi sporgenti, le mascelle larghe, gli occhi obliqui e stretti, le sopracciglia nere; un'espressione leggermente mongoloide.

Mi alzo, mi infilo il cappotto. Esco. La ragazza, quando passo per il cortile, non riesco a vederla. Cerco in mezzo al gruppo delle donne che mangiano sedute per terra, sul bordo delle aiole, ma non la vedo. Deve essere una di quelle che preferiscono la calca e il frastuono della mensa.

Quando torno a casa, Maria si è appena alzata. La casa è in disordine. La stanza da letto puzza di sigarette, il letto è sottosopra, il bagno allagato, la cucina piena di fumo e gelata.

Comincio a mettere in ordine. Maria gira per la casa in una vestaglia giapponese, fumando una sigaretta dopo l'altra. Mi viene dietro mentre sbrigo i lavori di casa, parlando.

Maria ha una voce molto bella. Qualche volta, mentre io lavo, pulisco, metto in ordine, lei si siede su uno sgabello nella stanza da letto, accanto alla finestra, in modo da prendere il sole sulla schiena, e mi parla come se non ci fossi.

Spesso non riesco nemmeno a seguire i suoi ragionamenti che sono profondi e complicati, ma mi perdo dietro la sua voce che è pulita e sonora e leggera come un uccello.

Mangiamo in cucina. Maria siede davanti a me e mangia con appetito tutto quello che le metto dentro il piatto. Ma non guarda quello che mangia, perché è attenta ai suoi pensieri; la sua faccia acquista allora quell'aria distratta e accigliata che mi è familiare.

"Hai mai pensato cosa sia l'amore fra due donne?"

"No."

“Ci deve essere una ragione, non credi?”
“Non lo so.”
“Perché io dovrei amare te anziché un uomo? Perché dovrei fare l’amore con te anziché con un uomo?”
“Non lo so. Perché ti piace.”
“Ma perché mi piace?”
“Non lo so. Perché mi vuoi bene.”
“Brava scema. Ma perché?”
“Non lo so proprio.”
“Io penso che gli uomini e le donne non vogliono piú fare l’amore fra di loro per non fare figli. Siamo in troppi.”
“Vuoi ancora del baccalà?”
Lei mi fa cenno di sí con la testa. Si porta alla bocca un grosso pezzo di baccalà della specie piú economica e quindi piú grassa e filacciosa, senza avvertirne il sapore. Lo capisco dalla sua faccia che mastica meccanicamente, gli occhi fissi nel vuoto, e dalla sua gola che inghiotte con furia un pezzo dietro l’altro, senza fermarsi.
“Quando parlano di non-violenza mi fanno ridere. Cosa facciamo noi se non violenze dalla mattina alla sera.”
“Ho comprato dell’uva fragola per te. Vuoi?”
“Ci alziamo la mattina e cominciamo coll’ammazzare tremila vacche.”
“Vacche?”
“Ma sí, quante vacche e vitelli e pecore credi che vengono uccisi ogni giorno in una città come questa?”
“Che ne so.”
“E tu non subisci la violenza dei tuoi padroni?”
“No. Non mi fanno niente.”

"Mica dico violenza fisica. Quanto ti danno al mese?"

"Ottantamila lire."

"Lo sai quanto guadagnano su queste tue ottantamila lire? Per lo meno venticinque al mese. È tutto guadagno rubato a te."

"Ma che c'entra?"

"E quando ti costringono a stare in un cubo, in mezzo a quel rumore, con quella luce artificiale, per otto ore al giorno."

"Ma che c'entra. Io lavoro e loro mi pagano."

"Brava scema. Tu lavori e loro rubano. Questa è la verità. Ti rubano giorno per giorno, ora per ora. E tu ti lasci rubare, anzi sei contenta. Non è pazzesco?"

Io mi metto a ridere. Ha una faccia cosí seria e cosí rabbiosa che mi viene da ridere. Non ho voglia di discutere perché tra poco devo tornare a lavorare e vorrei riposarmi un momento sul letto. Ma Maria non vuole interrompere i suoi ragionamenti. Vuole che io stia seduta al mio posto, in faccia a lei e le risponda, anche se a vanvera.

Preparo un caffè. Trovo la caffettiera aperta e piena di vecchio caffè; sulla superficie due cicche spente.

"Perché butti le cicche nella caffettiera?"

"Sai che ti dico. Tu non hai coscienza politica. Ti perdi nelle cose, nei fondi di caffè, nella polvere da lavare, nel baccalà, nell'uva fragola, nelle lenzuola sporche. E non pensi mai a qualcosa che riguarda tutti e non solo te. Non pensi al mondo, alle ingiustizie. Ti rifiuti di giudicare. Per te va tutto bene. Sei peggio di un animale."

Quando parla cosí, mi rattristo. Mi sento improvvisamente stanca. Non ho piú voglia di fare niente. Guardo la sua faccia dura e bella, tanto bianca da fare paura.

Me ne vado in camera da letto, mi stendo, chiudo gli occhi. Un momento dopo sento le labbra di lei che mi toccano la fronte, il mento, la bocca. Mi passa subito ogni tristezza.

Il pomeriggio lo passo di nuovo chiusa nel cubo, a scrivere, battere tasti, fare azionare la perforatrice, rispondere al telefono. Qualche volta alzo gli occhi infiammati sui vetri che mi separano dal resto del reparto. Vedo dorsi chini, pezzi di carrozzeria che sfilano appesi ad un cavo, grembiuli neri in movimento. La ragazza dalle gambe muscolose e la faccia mongoloide lavora in un altro reparto, ad una pressa per materie plastiche. Non la vedo che a mezzogiorno e all'ora di chiusura. Passa accanto al cubo, senza voltarsi, facendo ciondolare un sacchetto di tela celeste.

Un giorno Maria mi accoglie con una faccia furente. Che è successo? le chiedo. Intanto comincio a mettere in ordine la camera da letto. Mi fa piacere muovermi un po' dopo essere rimasta seduta chiusa per tante ore.

"Tu sai che mio padre è un contadino."

"Sí, me l'hai detto."

"Che abita a Urbino."

"Sí."

"Ma tu non sai quello che c'è nella testa di un contadino che non ha coscienza politica."

"Tuo padre è tuo padre. Gli devi volere bene."

"Non dire idiozie. Mio padre è un contadino povero e dovrebbe essere per la rivoluzione. Invece è un conservatore piú conservatore dei proprietari per cui lavora. Hai capito? È uno stupido egoista che non pensa che a mettere da parte denaro."

"Ma è tuo padre."

"Chi se ne frega!"

"Un padre è un padre. Non c'è niente da fare."

"I padri e le madri sono le nostre malattie. Bisogna distruggerli."

"Ma che è successo?"

"Mio padre è venuto a sapere che abito con te e vuole farmi rinchiudere in un manicomio."

"E perché?"

"Piuttosto che sapermi 'anormale' come dice lui, preferisce farmi passare per pazza."

"Ma l'hai visto?"

"Sí, è venuto stamattina mentre tu non c'eri."

"E che ha detto?"

"Ha detto che si vergogna di me. Che al paese dicono che sono anormale, e invece lui ha spiegato che sono pazza. E che mi farà rinchiudere in manicomio."

"Ma come?"

"Ha un amico carabiniere che è disposto ad aiutarlo."

"Ma tu non sei pazza. Chi vuoi che ci creda?"

"Mio padre ha la testa dura."

Non ne abbiamo piú parlato. Suo padre non è ritornato a casa nostra e dopo tre mesi, pensavo che ormai non ci fosse piú pericolo.

Una mattina esco come al solito per andare a lavorare. Mi rinchiudo nel cubo. Ho una serie di conti da verificare e lavoro tutta la mattina con la calcolatrice. È sabato. Alle dodici meno un quarto vedo gli operai sfilare davanti allo sportello della cassa per ritirare la paga. Aspetto di vedere la ragazza mongoloide, ma non c'è. La sua busta viene ritirata da una biondina che dice di essere sua cugina.

Alle dodici chiudo i cassetti, ricopro le macchine col panno nero e me ne torno a casa. L'autobus è talmente affollato che non riesco a scendere alla mia fermata: i corpi formano un muro davanti alla porta e prima che la raggiunga, il conducente è ripartito. Cosí devo fare un pezzo a piedi e quando arrivo a casa è già l'una.

In casa non c'è nessuno. Penso che Maria è andata a comprare qualcosa. Aspetto fino alle due e mezzo, ora in cui dovrei uscire per tornare in ufficio. Ma Maria non torna.

Vado in ufficio di corsa. Lavoro fino alle sette e poi torno a casa. Maria non c'è.

Due giorni dopo vengo a sapere che è stata portata in manicomio. Vado a trovarla. È piú pallida e piú accigliata del solito.

"Non ti preoccupare per me. Uscirò prestissimo. Tutti sanno che sono sana."

"Quando uscirai?"

"Presto. Ma la cosa che mi fa arrabbiare non sono i medici."

"E chi?"

"Gli ammalati."

"Perché?"

"Si fanno fare tutto quello che vogliono. Non protestano, non discutono, non si organizzano. Sono come te, legati alle cose. Vivono per la minestra, per la distribuzione della carne, per la televisione."

"Sono malati."

"No. Sono oggetti."

"Sono malati."

"Hanno rinunciato a giudicare, come te."

"Quando uscirai?"

"Presto."

Ma non riesco a parlarle a lungo. L'infermiere viene a chiudere le porte. Solo in quel momento mi accorgo che c'è un odore fortissimo, ferino, in quello stanzone e la gola mi si chiude per il disgusto.

Una settimana dopo torno a visitarla. Mi dicono che se n'è andata. Faccio per tornarmene a casa contenta, quando si avvicina un ragazzo grasso e biondo che mi dice che Maria si è suicidata. Subito dopo scoppia in una risata tetra e stupida. Non so se credergli. Poi, da come la suora lo prende per il polso e lo trascina via sgridandolo, capisco che è vero.

LE MANI

Novembre. Mercoledí

Patate bollite e uova sode. Siamo a metà settimana e non c'è una lira in casa. Stanotte ho sognato un tacchino che correva sbattendo le ali. Poi gli si è aperta la pancia e tutte le castagne venivano giú dal cielo. Io spalancavo la bocca, ma non riuscivo ad afferrarne nemmeno una. Dopo mezz'ora che stavo con la bocca aperta, che mi facevano male le mascelle, me n'è capitata una fra i denti. Era una pallina di merda.

Venerdí

Brodo di dadi che non sa di niente e pastina. Non c'è niente altro in casa. Tano dice che ha bisogno di grassi, che fa freddo. Domani gli faccio la trippa con il sugo. Giorgio dice che Tano è un fesso. Tano dice che Giorgio è un rompiscatole. Intanto Marta mi telefona; andiamo al cinema? Non so cosa vuole. Ma certo qualcosa vuole.

Sabato

La paga. Ho comprato l'abbacchio e la trippa per Tano. Pagato il macellaio, il panettiere, la luce, il gas, mi sono rimaste duemila lire. Che devono durare fino a sabato prossimo. Marta mi telefona: Dov'è Giorgio? E che ne so. Non faccio mica la balia a Giorgio. Sarà uscito con Tano. In fabbrica per fortuna fa un gran caldo. E c'è anche puzza. Ma dopo cinque minuti ci si abitua. Dovrei comprarmi un paio di scarpe nuove.

Domenica

Dormito fino a tardi. Appena mi sveglio Tano vuole fare l'amore. Ma a me non mi piace la mattina. La sera poi, quando ho voglia io, lui non se la sente. Fagioli e patate. Un pezzetto di tonno sott'olio. Tano dice che ha freddo. Vuole la carne col grasso. Ho un sacco di camicie da lavare, ma la domenica mi va solo di dormire. Dopo colazione di nuovo a letto. Tano è uscito. Io mi sono messa a dormire. Dovrei cambiare le lenzuola che puzzano.

Mercoledí

Giorgio mi telefona che Marta e lui si sposano. Meglio per loro. In fabbrica il finimondo. Vogliono fare lo sciopero. Ma chi se ne frega dello sciopero! Tanto piú che ho sentito quello della Camera del lavoro dire che non è il momento di fare scioperi. Che sono tutti matti. La Commissione Interna ha passato una circolare. Non l'ho neanche letta.

Venerdí

Giorgio mi telefona che Tano non è un amico. Hanno litigato. Come ci può essere amicizia fra uno che ha un negozio e un disoccupato? Sono tre giorni che non mangiamo quasi niente. Tano dice prendi a credito, prendi a credito. Ma chi me lo fa il credito? Il macellaio ha detto di no, che prima gli devo finire di pagare il conto del mese scorso.

Domenica

In fabbrica, sempre con quell'idea dello sciopero mi hanno fatto la testa come un paniere. Ma che vogliono? Lunedí c'è la riunione della Commissione Interna. Intanto è da due giorni che non vado di corpo. Per forza, a furia di mangiare patate.

Martedí

È arrivata una lettera che il padre di Tano sta morendo. Tano è partito per la Calabria. I soldi per il viaggio glieli ha prestati Giorgio. Quando torni? Dice che non lo sa. Tanto chi è che lavora qui? Lui no di certo. Dice che non trova lavoro, che c'è la disoccupazione. Ma intanto si fa mantenere dalla moglie. Ieri mi sono cotta tre etti di zucchine nell'acqua bollente. Ma ancora niente. Ho la pancia dura come un tamburo.

Mercoledí

Finalmente al cesso stamattina. Sembrava che mi liberavo di un quintale di roba. In fabbrica va tutto male. Non si mettono d'accordo. I sindacati litigano. E noi stiamo a guardare. C'è uno che mi ha detto crumira. L'ho mandato a fare in culo. Alla mensa, stava seduto accanto a me. È uno nuovo, grasso e biondo. Ha sedici anni. All'uscita, chi vedo? Giorgio. Mi regala un disco di quarantacinque giri. Una canzone che si chiama: ti ho sempre amata. Vorrà dire qualcosa? Che poi il grammofono io non ce l'ho. Ha detto che posso sentirlo sul suo, al negozio. Di Tano niente notizie. Non si sa quando torna.

Dicembre. Lunedí

Marta mi telefona che viene a mangiare da me.

Ma non so che darle, non c'è niente in casa. Dice che porta tutto lei. E va bene. Viene e mi porta le uova e un tubetto di maionese e tre rosette. Si è sprecata! Subito dopo viene anche Giorgio. Mangiamo in tre. Già la roba era poca. Dopo cena tutti e due a bere sambuca. Io la odio la sambuca. E poi a letto. Tutti e tre naturalmente. Lo sapevo che andava a finire cosí. Ma non ci ho provato soddisfazione. Marta sta ferma come un tronco e Giorgio fa il prepotente. Li ho cacciati fuori prima di mezzanotte.

Martedí

In fabbrica sono ancora lí che parlano di sciopero. Mi fanno ridere. Io poi alla fine dell'anno me ne vado. Dove cavolo vuoi andare? dice Tano. Ha paura che perdo il posto e non gli do piú da mangiare. Voglio fare la manicure. Con quelle mani! Se ho le mani rovinate non è colpa mia. Vuol dire che metterò i guanti. Dice che parlo troppo crudo per fare la manicure. E chi se ne frega! Mica saranno delle professoresse queste manicure no?

Mercoledí

È tornato Tano. Nero, perché suo padre non è morto. Ma che speravi? Lo sai che non ha una lira. Lui è furioso; non mi risponde nemmeno. Ma ha ragione: uno viene chiamato dalla Calabria perché il padre sta morendo e invece non è vero. Tano dice che il padre ha dei risparmi. Ma quanto? Non lo sa.

Venerdí

Nella pila che avevo davanti oggi mancavano sei rondelle. Il caporeparto mi guarda come se le avessi rubate io. Vai da Lanfranconi, mi dice. Vado da Lanfranconi. Ma non è roba che viene da qui. Chi l'ha fatta l'ordinazione? Insomma mi mandano da un ufficio all'altro. Alla fine torno da Nino, che intanto ha trovato delle altre rondelle. Ho perso tre quarti d'ora. Che vengono detratti dalla paga. Questi stronzi!

Sabato

Ho avuto la paga. Con le trattenute mi sono rimaste novemila lire. Dice che siamo d'accordo, che facciamo la colletta per il matrimonio della figlia del direttore. Ma chi se ne frega della figlia del direttore. Io non ho mai detto che sono d'accordo. Ma tanto i soldi me li hanno tolti lo stesso. Iniziativa operaia. Un cavolo! Devo pagare il macellaio e il pizzicarolo e devo pagare l'affitto del mese scorso. Giorgio mi telefona per sapere se Tano parte di nuovo. Mica può partire per fare piacere a te. Che cretino! Se non mi seccasse tanto di chiedere favori, glielo direi di prendermi in negozio. In fabbrica non mi ci trovo. Marta per esempio fa la manicure. Ma io lo so che non sa fare niente. Che ci vorrà a fare la manicure!

Domenica

Ho fatto l'abbacchio con le cipolline. Tano se l'è mangiato quasi tutto. E io sono rimasta con la fame. Dopo sono venuti Giorgio e Marta. Abbiamo discusso di qual è il migliore modo di cuocere il baccalà.

Martedí

Quando esco Tano dorme. Lui si alza verso le undici e poi va a spasso. Dice che cerca lavoro. Ma non fa un corno. Gira. Aspetta che uno lo ferma e gli dice: scusi lei vuole lavorare con me e guadagnare un sacco di soldi senza faticare? Dalla Calabria niente notizie. Questo padre che è malato di cancro da due anni, non muore neanche per sogno. Giorgio è venuto a prendermi all'uscita della fabbrica. Che vuoi? gli dico. Mi regala un altro disco. Un'altra canzone sull'amore. Lo so quello che vuole.

Giovedí

Marta mi telefona che Giorgio ha mangiato dei gamberi avariati. È a letto con la febbre alta. Peggio per lui. È un rompiscatole. Marta piange.

Venerdí

Il tempo della fabbrica mi passa come un fulmine. Sono appena entrata che già devo uscire. Finché sono dentro, la stanchezza non la sento. Dopo, appena esco, mi tremano le mani e mi gira la testa e gli occhi mi bruciano. Quando arrivo a casa, non ho piú la forza di fare niente.

Sabato

Dopo la fabbrica vado a trovare Marta al negozio. È preoccupata per Giorgio. Pare che la febbre continua a crescere. È la prima volta che vedo il negozio rinnovato. Tutti specchi nuovi con le cornici d'oro, tre caschi appena comprati e c'è anche una ragazzina che scalda la cera per le gambe delle clienti. Marta non porta niente sotto il grembiule. Non hai freddo? Macché. Lei pensa a Giorgio che sta male. Approfitto per farmi lavare i capelli gratis. La sorella di Giorgio mi guarda male.

Domenica

Tano torna a casa con un borsellino pieno di soldi. Dice che l'ha trovato per terra, vicino al cinema Ariston. Chi ci crede! Andiamo subito in trattoria a mangiare tagliatelle e filetto al sangue Da quando mi sono sposata non ero mai stata in trattoria. Dopo, a casa a fare l'amore. Tano protesta che io vengo subito; dopo non ho piú voglia di sentirmelo addosso. E lui non ha il tempo di scaldarsi.

Martedí

In fabbrica il macello. Hanno fatto lo sciopero. È fallito. Perché non si sono messi d'accordo fra sindacati. Sono stati licenziati due della CGL. Io l'avevo detto che era meglio non farlo. Che fessi! Prima fanno i duri e poi calano le brache alla prima paura. Non c'erano soldi in cassa. E con questo? I lavoratori vanno ognuno per conto proprio. E con questo? La nostra Commissione Interna fa schifo.

Giovedí

Giorgio è tornato in negozio. Mi ha telefonato che sta meglio. Lo sapevo. L'ho avuta anch'io la intossicazione. Passa dopo tre giorni. Se uno non rimanesse come uno straccio, farebbe pure bene. Marta si è tagliata i capelli. Sembra un'altra. Non mi piace. Gliel'ho detto. Si è messa a piangere.

Domenica

Ieri la paga. E oggi sono già senza una lira. Anche questa settimana niente scarpe. Tano non è tornato a pranzo e neanche a cena. La cena poi erano le tagliatelle della signora accanto che le ha fatte asciugare sul termosifone e sanno di carta.

Martedí

Giornata nera. Con il raffreddore che non mi fa respirare. Marta che piagnucola perché ha trovato Giorgio chiuso in gabinetto con la ragazzetta assunta un mese fa per la depilazione. Non faccio che mangiare bieta. Ne ho comprato quattro chili a poco. Adesso faccio la cacca verde.

Mercoledí

Tano ha trovato degli altri soldi per terra. Questa volta gli ho detto in faccia che è un bugiardo. Li hai rubati! Dice di no. Mi racconta un sacco di balle. È bello però avere dei soldi senza lavorare. Siamo andati di nuovo in trattoria e poi al cinema. Ho mangiato funghi trifolati e la milanese con i fagioli all'olio. Al cinema del quartiere danno un film di guerra. Tano si è addormentato. A casa poi non voleva neanche spogliarsi per mettersi a letto. Ma io l'ho costretto e abbiamo fatto l'amore per un'ora di seguito. C'è ancora della bieta in cucina. È diventata un po' acida ma si può mangiare.

Venerdí

La bieta ha fatto la muffa. Ho dovuto buttarla nel cesso. Che si è intasato. Giorgio mi telefona che vuole vedermi. Ma che vuole? Al negozio? No, dice, fuori. Ci vado, dopo la fabbrica. Tano adesso è sempre fuori, e torna a casa dopo le dieci. Cosa vuole quel cretino? Rifare il gioco a tre, con Marta e lui. Gli dico di no. Ma perché? ti fa schifo? Sí. Ma non è vero. Mi fa disgusto lui. E non gliel'ho detto, per tenermelo buono. Un giorno o l'altro lascio la fabbrica e gli chiedo di prendermi come manicure nel suo negozio. La libellula. È un nome che fa pensare alla campagna. L'ha trovato in un libro giallo. Mi piacerebbe lavorare alla Libellula.

Sabato

Marta è contenta. La ragazzetta della depilazione se n'è andata perché ha trovato un posto che pagano di piú. Mi telefona di notte per dirmelo. Tano si è svegliato e ha cominciato a sputare. Mi ha sputato addosso, poi sul cuscino, poi sul telefono. Ho dovuto cambiarmi la camicia tutta coperta di sputi. Ho sposato un pazzo.

Domenica

La mattina l'ho passata a letto. Il pomeriggio a lavare e stirare. Che domenica stronza!

Martedí

Il biondo che mi ha chiamata crumira si siede accanto a me alla mensa. Ma non mi piace. Ha i denti gialli. Parla di politica. È iscritto al PSIUP. Porta il giornale piegato in quattro dentro la tuta e quando mangia, legge. Oppure parla con me. Dice che gli operai hanno perso la fede, che sono tutti dei piccoli borghesi infradiciati; che non pensano che a comprarsi gli elettrodomestici e a farsi i vestiti nuovi. Mi piace parlare con lui; perché ha l'entusiasmo. Ma quando mi stringe la mano sotto la tavola, lo mando al diavolo. Di bello ha solo i capelli che sono biondi e lisci.

Mercoledí

Da due giorni che mangio pastasciutta e niente secondo. Sono finiti i soldi. E ancora devo pagare tremila lire al pizzicarolo, quattromila al macellaio, piú il telefono, piú il latte e siamo a posto.

Giovedí

Tano è restato fuori tutta la notte. Chi lo vede piú? Sembra un fantasma piú che un marito. Si sta pure dimagrendo. Dopo il matrimonio si era ingrassato; adesso perde di nuovo peso. E fa una faccia da scemo che mi dà i nervi. Quando gli chiedo che fa, dove va, comincia a sputare.

Sabato

Presa la paga. E già non ho piú una lira. In fabbrica non mi ci posso vedere. Non parlo con nessuno. Anche il biondino gli ho detto che non rompa piú l'anima. Si è offeso e se n'è andato. Quando lavoro non penso a niente; lavoro e basta. Già che non ho neanche il tempo di alzare gli occhi dalle vasche. Appena finisco, mi precipito a casa. Se Tano non c'è non mangio neanche. Mi succhio un uovo crudo e me ne vado a letto.

Domenica

Una di queste domeniche voglio andare a ballare. Ma ho sempre una montagna di cose da lavare che mi aspetta. Marta mi telefona che al negozio va tutto male. C'è stato un furto l'altra notte. Due lavoranti si sono ammalate. Giorgio ha dovuto firmare delle cambiali per l'affitto.

Lunedí

Ho mal di pancia. Sono stufa di mangiare spaghetti con il concentrato di pomodoro che è acido e amaro. E poi ci vuole la carne per lavorare. Giorgio viene all'uscita della fabbrica. Che vuole? Niente, è venuto per salutarmi. Andiamo. Mi mette un braccio attorno alla vita. Che individuo appiccicoso che è. Gli ho promesso di rifare il gioco a tre con Marta. Per tenermelo buono. Quello è capace che non mi dà il posto di manicure per una cosa cosí. Lo conosco.

Mercoledí

Tano è tornato con una giacca nuova, di pelle marrone, foderata di agnello. Dove l'hai presa? Se poi ti pescano, e vai in prigione, peggio per te. Lui se ne frega. Ormai non parla piú. Sputa sempre. Va bene, fai il ladro, gli dico, ma allora porta a casa i soldi regolati che io me ne vado dalla fabbrica. Mi dà un calcio che per poco mi spacca un ginocchio.

Giovedí

In fabbrica crepo. A respirare sempre quell'acido mi è venuta una tosse da turco. E poi, hai voglia di mettere crema e olio. La pelle delle mani se ne va come la buccia della cipolla. Sono gonfie e mangiate dall'acido. I guanti non servono a niente. L'acido passa sotto i guanti, sotto la pelle, sotto tutto. Ho chiesto di cambiare reparto. Va bene, dice, la cambieremo. Ma quando? Intanto passa il tempo e io sempre con la testa dentro i vapori. La tosse mi porta via. E le mani diventano ogni giorno piú brutte.

Venerdí

In casa di Giorgio a fare l'amore. Con Marta che appena lui la tocca comincia a piagnucolare. E con me che sono fredda come un ghiaccio. Perché Giorgio non mi piace. E Marta nemmeno. Dopo un po' mi sono alzata e me ne sono andata. Loro stavano abbracciati e non se ne sono neanche accorti. Mi usano per eccitarsi. L'idea è quella. E io li mando a farsi fottere tutti e due. Mi sono antipatici. Giusto perché penso alla Libellula e al lavoro di manicure.

Sabato

I soliti nervi. Mi riempio la pancia di pastasciutta. Il baccalà è duro come il legno. Tano torna a casa solo per dormire. Gli lascio la roba fredda. Ma non la mangia. Mangia fuori, chissà dove. E io continuo ad andare in fabbrica come un'idiota. Dove tutto funziona male e non mi cambiano reparto manco morta. Un giorno prendo tutte quelle vasche di acido e gliele tiro in testa. Dicono che sono scorbutica, che non parlo, che non faccio amicizia, che non collaboro a fare valere i diritti dei lavoratori. Chi se ne frega dei lavoratori! Io non sono una lavoratrice. Io, alla fine dell'anno, me ne vado. Mi metto a fare la manicure, come Marta.

Domenica

Tano è tornato con un'allegria che era da tanto che non lo vedevo cosí. Mi mette in mano un biglietto da diecimila. Usciamo subito in trattoria. Prosciutto dolce e olive, fettuccine al ragú, abbacchio al forno con cipolline agrodolci, insalata di radicchio, caciotta, cremacaramella, banane, fichi secchi, caffè. E in piú un litro di vino rosso dolce e schiumoso. A tavola dalle nove a mezzanotte. Non ne potevo piú. Alla fine ho fatto un rutto e dato che il mangiare mi stava in gola, mi è tornato su un pezzo di abbacchio in bocca. Poi subito a letto. Ma l'amore niente. Tano ha cominciato a russare quando era ancora seduto sul cesso.

Giovedí

È due giorni che Tano non si vede. Marta telefona piangendo. Giorgio non so che fa; pensa ad altro. Fra due giorni scade la prima cambiale e non hanno i soldi per pagare. Marta dice che se li farà prestare da sua madre. Non ti fare sfruttare, le dico, il negozio è suo; mica l'hai sposato. Ma lei piange. È una cretina che non pensa che all'amore.

Venerdí

Di Tano niente notizie. Marta mi dice: telefona alla questura. Ma io non ci penso nemmeno. Se è successo qualcosa, verrà fuori.

Sabato

Mangiato bene stasera, da sola. Una bistecca grande come la mia mano aperta. Spinaci ripassati in padella e mozzarella. Tano non è tornato nemmeno stanotte.

Domenica

Con Giorgio e Marta in campagna. A Sacrofano a mangiare la caccia. La lepre in salmí. Poi animelle fritte, poi la coppa con tutto il bordo unto d'aglio e di peperoncino rosso. Poi funghi trifolati, poi dolce alla crema con le ciliegie rosse che stingevano sulla panna. E quei due sempre a baciarsi. Io stavo alla larga. Mangiavo e basta. Domani, con il resto della paga, mi compro un paio di scarpe nuove.

Lunedí

Marta ha fatto venire i soldi da sua madre. E Giorgio ha pagato la cambiale. Adesso fa l'affettuoso. Dopo che le ha portato via i risparmi di sua madre. Dice che il negozio va meglio. Hanno rimesso a posto la roba rotta. Di clienti adesso ce ne sono molte.

Mercoledí

Tano è in prigione. Me l'ha mandato a dire con un carabiniere. Pare che ha svaligiato un negozio di stoffe e chiedono sei anni. La sera Giorgio e Marta eccoli a casa mia. Ma adesso, possono fare i salti mortali. Con loro non mi ci metto. Neanche morta. Giorgio mi porta in regalo un disco. Ma vada all'inferno coi suoi dischi e la sua Marta. Dice che non può venire se non ha due donne alla volta. E a me che mi frega. Marta cerca la sambuca. Ma non ce n'è piú. L'ultima se l'è scolata lei. Alle undici li caccio di casa. Io ho sonno. E la mattina alle cinque chi si alza? Loro no, che vanno al negozio alle nove passate.

Giovedí
Vado a trovare Tano. Appena mi vede dall'altra parte della rete, mi comincia a sputare. Io prendo la roba e me ne vado. Mi chiama. Torno indietro. Mi dà il nome di un avvocato che secondo lui fa i miracoli. E ciao. Sulla porta incontro Giorgio e Marta. Dice che si sposano. Meglio cosí. Vogliono salutare Tano, ma è troppo tardi. Stanno già chiudendo. Mi accompagnano a casa in macchina. Giorgio si vede che adesso fa i soldi. Sta diventando brutto. Perde i capelli. Mangio da sola un pollo quasi intero. Ma non c'è gusto a mangiare da sola. Bevo un bicchiere di vino caldo con lo zucchero. Me ne vado a dormire. Mi sento l'influenza che arriva.
Venerdí
Mi sono svegliata con un dolore ai reni che per poco svengo. Ora mi rimetto a letto, penso. E invece poi vado in bagno e mi lavo sudando per il dolore. Ho bisogno di soldi. E tremila lire sono sempre tremila lire. E se non mantengo la mia media di quattrocento pezzi al giorno, addio. Naturalmente oggi avevo uno spiffero che mi soffiava proprio sulla schiena. Ho gridato a quelli che stanno sotto la finestra. Hanno chiuso un momento e poi riaperto. Dice che per la puzza non si respira. Ma io cosí diventerò paralitica. Su e giú dalle vasche coi pezzi di gomma sulle braccia. A un certo punto non ho sentito piú né dolore né niente. Ero intontita dai fumi degli acidi. E non mi sono neanche accorta del cronometrista che mi stava dietro come l'angelo custode.
Domenica
Dormito quasi tutto il giorno. Il pomeriggio

mi alzo, vado a vedere in cucina. C'è un'ala di pollo dell'altro giorno. E niente altro. Mangio l'ala di pollo e del brodo caldo. Ma di dadi. I dadi fanno schifo. Non c'è neanche il pane. Mi rimetto a letto. Dormo un po', sogno di Tano e me ne vengo da sola, come una scema. Mi sveglio fradicia.

Lunedí

Ho comprato le scarpe. Ma ho preso una fregatura. Per risparmiare, come al solito. Dopo un giorno, sembrano già vecchie. Ma sono belle, nere col tacco alto. C'è uno in fabbrica che mi piace. È da due giorni che lavora con me alle vasche. Va piano. È lento. Non sa reggere i pezzi. È entrato in fabbrica solo da pochi giorni. Non ha ancora vent'anni. È magro che sembra metà di un uomo. È bello. Troppo bello. Me ne accorgo che tutte le altre se lo mangiano con gli occhi. Ma lui non guarda nessuno. È vanitoso. Appena può, si ammira in uno specchietto che tiene in tasca.

Mercoledí

Da ieri non fa che piovere. Molte vengono in fabbrica con i calzettoni da montagna e degli stivali di gomma rossi e gialli che fanno venire voglia di mangiarli. Me li voglio comprare anch'io. Appena riesco a mettere da parte qualche migliaio di lire.

Giovedí

Piove ancora. Le scarpe nuove le tengo dentro l'armadio, avvolte in una vecchia camicia di Tano. È la prima volta che mi accorgo che in fabbrica non ho il tempo neanche di alzare gli occhi dal lavoro. Non ho il tempo di guardare il ragazzo che lavora con me. Solo alla mensa, posso guardarmelo in pace. Ma lui si siede lontano, accanto alla finestra e mentre mangia legge il giornale e non volta mai la faccia dalla mia parte.

Venerdí

Torno a casa e mi metto a letto. Ho paura che mi torna il dolore di schiena. Ma sto meglio. Anche la tosse è diminuita. Solo le mani fanno schifo come al solito.

Sabato

Mangiato bieta e uova sode. Che poi non riesco a digerire. Mi tornano su per tutta la notte. E la mattina mi sveglio col sapore metallico in bocca. Oggi finalmente ho parlato col ragazzo. Si chiama Romolo. Dice che è stufo di lavorare in fabbrica. A chi lo dice! L'ho invitato a cena per domani. Adesso devo pulire la casa che fa ribrezzo. E comprare qualcosa da mangiare. Ti piace l'abbacchio? mi fa sí con la testa. Ho deciso che gli faccio l'abbacchio con l'aceto e il rosmarino. Per fortuna che ho appena avuto la paga.

Domenica

Mi sono svegliata alle sette per l'eccitazione. Ho pulito la casa. Lavata con sapone e ripassata con la cera, che adesso a ogni passo che faccio rischio di cadere e sbattere la testa. Ma almeno è pulito e c'è un buon odore di grasso e di segatura per le stanze. Nel pomeriggio, da Tano. A vederlo dietro la grata mi fa venire il mal di pancia. Adesso si fa crescere la barba, come un san Giuseppe. È piú bello cosí. Mi dice che lí dentro gli hanno rubato tutti i soldi che aveva. Ma chi? I compagni. E tu ti lasci rubare cosí? È un cretino. Buono solo a farsi mettere nel sacco. Dice che non mangia. Che la mattina gli danno il latte col caffè che sembra piscia, a colazione fagioli sfatti e la carne che puzza di marcio, la sera una minestra che lui la regala perché solo l'odore gli dà il vomito. Portami da mangiare dice. Ma io non ho tempo. E i soldi? Dopo la prigione, faccio la spesa e poi a casa a cucinare. Alle nove suonano. Corro alla porta. Metto l'occhio alla spia. Sono quei due cretini di Giorgio e Marta. Faccio finta che non c'è nessuno in casa. Quelli suonano, suonano. Fra poco buttano giú la porta a furia di pugni. Apro. Dico che sto uscendo. Li convinco a tornare a casa. Esco anch'io. Per la dimostrazione che davvero sto uscendo. Quando torno, Romolo se n'è andato. Trovo un biglietto sotto la porta: "Perché mi fai questi scherzi?" Maledizione a quei due! Mangio l'abbacchio da sola. Ma non ho fame. Mi fa male la pancia. Mi metto a letto con la bottiglia dell'acqua calda. Per la rabbia mi metto a piangere.

Lunedí

Non riesco a parlare con Romolo. L'hanno spostato in un altro reparto. Lavoro male. Ho sbagliato una decina di pezzi. Li ho tenuti troppo a lungo nell'acido e sono usciti consumati come torsoli. Il caporeparto mi ha fatto una sgridata davanti a tutti. Tanto i pezzi li pago io. Che bisogno c'è dei rimproveri. Non bastano i soldi perduti?

Mercoledí

Marta mi telefona che devo andare al negozio. Giorgio sta male. Ma che ha? Niente. Allora? Ha che urla con tutti. Che non vuole piú sposarla. Ma perché? Non si sa. Quanto sono noiosi quei due. Mi fanno venire il mal di testa. Tano mi scrive una lettera antipatica perché non gli porto la roba da mangiare che lí dentro lo avvelenano. Ma io che ci posso fare? In fabbrica vado a cercare Romolo alla mensa. Adesso sta al montaggio. Con la tuta bianca è bellissimo. Gli chiedo perché non mi ha aspettato l'altra sera. Mi guarda e non dice niente. Va bene sabato prossimo? dice di sí. Me ne torno a casa contenta. Tutto il tempo che parlavo con lui tenevo le mani in tasca per non fargliele vedere.

Sabato

È venuto. Abbiamo mangiato. Bevuto. Poi ci siamo ficcati dentro il letto. Ha il corpo bianco con tutte le vene blu che gli fanno i disegni sotto la pelle. Mi ero dimenticata di staccare il telefono. Sul piú bello comincia a suonare. Suona, suona. Rispondi, dice lui, mi fa venire i nervi. Rispondo. È Marta che dice che Giorgio fa l'amore con una cliente. Che rompicoglioni! Dice che è una del cinema. Che vive all'Excelsior e se lo fa venire in camera. Sei sicura che ci fa l'amore? Certo, l'ho trovato coperto di rossetto, perfino sulla patta dei pantaloni. Pare che non è neanche giovane. Gli ha regalato un orologio d'oro con un bracciale pure d'oro. Mi piacerebbe un giorno mangiare all'Excelsior, penso. Davanti a una tavola tutta coperta di piatti d'argento. Un porcello intero con la pelle croccante come un biscotto, l'aragosta con tutte le zampe da succhiare, i polipetti cotti nel loro nero, il pasticcio di maccheroni con la besciamella. Mi ero quasi dimenticata di Romolo. Ma fa l'amore come un bambino. È dolce dolce e timido.

Domenica

Tano brontola e sputa. Gli ho portato la roba da mangiare. Me l'ha tirata in faccia. Dice che vuole uscire. E come? Marta sempre tra i piedi che piagnucola. Giorgio arrabbiato che butta per terra la tintura. Si sposano? Non si sposano? Chi lo sa. Un giorno pare di sí, un altro giorno di no. Di nuovo a mangiare solo cicoria e minestra di patate. Non ho piú una lira e devo dare seimila lire al macellaio, tre al panettiere e due a Marta.

Martedí

L'attrice dell'Excelsior è partita. Giorgio ha spaccato uno specchio con un calcio. Quello specchio l'aveva pagato undicimila lire, senza cornice. Una settimana di paga. Marta si è bruciata la faccia con la cera bollente. Dice che rimarrà la cicatrice. Piange tutto il tempo. E mi telefona che si vuole suicidare. Capisco Giorgio che non vuole sposarla. È troppo lagnosa.

Mercoledí

Mangio solo minestra di dadi e patate e uova sode. Ho una fame da lupo. Ieri sera è venuto Romolo. Che gli posso offrire? Niente. Neanche un liquore. Mi dice quanti anni hai? Ventisette. Lui diciannove. Gli faccio vedere le mani che sono la mia vergogna. Dice che se ne frega. È rimasto la notte con me.

Venerdí

Marta mi telefona che si sposano. La mezza faccia con la cicatrice se la coprirà con la parrucca. Meglio cosí. Intanto Tano lo tengono chiuso dentro e niente processo. Arriva sua madre dalla Calabria. Vuole dormire nel letto grande. Ci entriamo tutte e due, mi dice. Ma io non ho nessuna voglia di dormire con lei. Le lascio il letto e mi metto a dormire in cucina, su un materasso che mi ha prestato la vicina di casa.

Sabato
Quando rientro sento un buon odore di cipolline all'agrodolce che mi sento rinascere. È la madre di Tano che prepara la cena. Cipolline, barbabietole, caciocavallo e il capretto che ha portato dalla campagna. Mi metto a sedere e non mi alzo nemmeno per preparare la tavola. La faccio lavorare. Com'è bello avere qualcuno che lavora in casa per me!
Domenica
A Tano gli abbiamo portato una sporta piena di roba. Ma non era contento. Dice che vuole le sigarette. La madre è uscita dal tabaccaio e gli ha comprato dieci esportazioni. Tano gliele ha buttate in faccia. Intanto chiudono i cancelli che è già tardi. Pare che quei due si sposano veramente. Marta è contenta. Anche se ha la faccia storta per la bruciatura.
Martedí
In fabbrica ricominciano con la storia dello sciopero. Io faccio finta di niente. Appena quei due si sposano, gli chiedo di prendermi come manicure nel negozio la Libellula. Addio fabbrica bella!
Mercoledí
Tutti i giorni capretto. Finché finisce. Cosí, col pepe e l'aglio si conserva che è una meraviglia. Mia suocera ha portato pure delle pere lunghe e strette come un dito. Che però sono dolcissime. E un olio grasso come quello delle macchine. Amaro.
Giovedí
Ho dormito male. Mia suocera russa cosí forte che anche con la porta chiusa, non facevo che sentirla. Ho fischiato, gridato. A un certo punto

le ho buttato sul letto una pentola. Ma lei non si è neanche svegliata per dire ah! Tano è diventato grigio. Chiede sigarette. Gli ho lasciato le ultime duemila lire.

Venerdí

C'è una che sta appresso a Romolo. È una ragazza che lavora nel reparto con lui. È forte come un toro. Ha i muscoli del collo che sembra un uomo. Ride sempre e mette le mani addosso a Romolo. La stronza! Si chiama Tunica. Un nome mai sentito.

Sabato

Presa la paga. Pagato il macellaio. Ho quasi chiuso il debito. Pagato il telefono. Pagato il gas. Pagato il calzolaio. Mi rimangono soltanto quindicimila lire di debito in tutto. Sette dal macellaio, quattro dal salumiere, due dal verdumaio, due dal lattaio.

Domenica

Tano dice che tutti si fanno delle gran seghe là dentro. Perché donne non ce n'è e a un certo punto gli prende la smania di farlo. Peggio per lui che si è fatto rinchiudere. Gli ho portato tutto il capretto rimasto. Ma lui dice che non ha fame. Vuole sigarette. Sua madre non se ne va. Dorme nel mio letto, fruga dappertutto e mangia tutto quello che trova. Non ha denti e mangia tutto. Trova una briciola e la mangia, trova un fagiolo pestato e lo mangia, trova una crosta e la mangia, trova un fondo di caffè e lo mangia. Mangia tutto. E poi dorme. E russa.

Mercoledí

Romolo vuole venire a casa. Ma c'è la madre di Tano. Ci tócca vederci fuori, per strada e non ci possiamo neanche toccare. Andiamo al cinema? A fare che? A spendere soldi e basta? Insomma camminiamo e ci stanchiamo inutilmente; che poi quando si cammina si parla e lui dice che devo lasciare il marito per mettermi con lui. Ma io non ci penso nemmeno. Non è che sono innamorata. Mi piace e basta.

Giovedí

La madre è ancora qui. Ha tirato fuori un altro foglio da cinquemila. Non so dove lo teneva nascosto. Mi aveva detto che non aveva piú niente. Compriamo della roba per Tano. Ma Tano vuole solo sigarette. Ho capito che la roba da mangiare la dà via in cambio di sigarette.

Venerdí

In fabbrica c'è stato un incidente. Un ragazzo appena assunto ha perduto un braccio. Verso le nove e mezza si è sentito un grido. Erano in tre attorno a una macchina T.T.O. vecchio modello. Ci siamo precipitati. Il braccio del ragazzo, intero fino alla spalla, era lí per terra. E lui guardava il suo braccio come rinscemito. Poi è caduto anche lui. Quando l'ho raccontato a Marta, si è messa a piangere. Marta piange sempre. Meno male che adesso si sposa. Aspetto il momento buono per chiedere a Giorgio di prendermi al negozio. La fabbrica, se continua cosí, ci lascio la giovinezza.

Gennaio. Martedí

Alla mensa siamo Romolo e io e Tunica sempre accanto. Romolo dice che non la può sopportare, ma poi si lascia mettere le mani addosso e si lascia guardare e ammirare. È un gran vanitoso.

Giovedí

Marta mi racconta che ha visto la madre di Tano sull'angolo di Piazza del Gesú che chiedeva l'elemosina. Io non ci credo. Intanto pare che Giorgio è diventato gentile e affettuoso. Non pensa che alla casa che prenderanno dopo sposati e mette da parte i soldi per i mobili. Lei voleva che vendesse l'orologio d'oro della cliente dell'Excelsior, ma lui niente. Dice che si sposano in aprile.

Domenica

Di nuovo domenica. La domenica non so che fare. Oltre la visita a Tano. Che ormai non dice una parola e chiede solo sigarette e sigarette. Romolo va a vedere la partita. Alle sei mi chiede se voglio uscire. Ma per andare dove? Una volta abbiamo fatto l'amore a Villa Borghese, su una panchina. Ma per poco non ci beccava la polizia. Poi era tutto bagnato l'erba per terra e Romolo meno male che ha steso l'impermeabile. Dopo abbiamo scoperto che ci eravamo stesi su una grossa merda. Giorgio e Marta vengono a cena. Portano un vassoio di dolci pieni di ricotta. Buonissimi. Ma la ricotta è un po' rancida. E poi tutti quei pezzi di frutta candita mi vanno nei denti.

Martedí

Pare che il processo si fa il mese prossimo. Tano adesso è diventato giallo. A furia di fumare e non mangiare. Ha pure la tosse di catarro, come me. Solo che la mia nasce dai vapori velenosi della fabbrica, la sua dal vizio delle sigarette. La madre gli ha portato una stecca di americane che non so dove l'ha trovata. Gli ho detto a Tano che Marta l'ha vista chiedere l'elemosina davanti alla chiesa del Gesú. E chi se ne frega! mi ha risposto. Quanto prende? Che ne so. Marta dice che con l'elemosina si può guadagnare fino a duemila lire al giorno. Dice lei. Ma chi lo sa.

Mercoledí

Dopo l'incidente del braccio tagliato, in fabbrica hanno deciso: lo sciopero si fa, anche se la Camera del lavoro non è d'accordo, anche se i sindacati non si decidono. Se lo facciamo davvero, mi prendo due giorni di vacanza. E vado con Romolo a fare l'amore in un albergo. Costerà caro. Ma chi se ne frega! Non facciamo che litigare a furia di tenerci le mani e baciarci sotto la pioggia, senza sapere dove andare.

Venerdí

Ieri sono andata dal dottore. Perché mi gira la testa, mi fanno male i reni e ho le mani rovinate. Io lo so che sono i vapori degli acidi. E non c'è niente da fare finché non mi cambiano reparto. Ma intanto vado dal dottore. Aspetta, aspetta. C'era una fila che arrivava quasi fuori della porta dell'ambulatorio. Insomma dopo un'ora e mezza mi scadeva il permesso e sono tornata in fabbrica senza avere visto il dottore.

Sabato

Romolo dice che vuole che vivo con lui. Ma intanto si lascia mettere le mani addosso da quella Tunica. Io un giorno la prendo per i capelli.

Domenica

Tano è dimagrito che sembra una sarda salata. Gli sono caduti due denti di fianco. Quando parla si vede un buco nero all'angolo destro della bocca. Non mi racconta di niente. Ha solo voglia di fumare. Per fumare sarebbe capace di vendere sua madre.

Martedí

Lo sciopero è fallito anche questa volta. Ognuno dice una cosa diversa. Si capiva che andava a finire cosí. Io non ci sono andata in fabbrica. Mica per lo sciopero. Me ne frego. Ho approfittato per dormire due giorni di seguito. Ho sempre sonno. Perché la notte mi sveglio per la tosse o per il russare di mia suocera. Quando mi sveglio non riesco piú a riaddormentarmi. E la mattina alle cinque e mezza devo buttarmi giú dal letto, per essere in fabbrica alle sette.

Sabato

Giorgio e Marta si sono sposati. Ma già non vanno d'accordo. Perché Giorgio si è innamorato di una cliente che è campionessa di tuffi. E vorrebbe fare l'amore con lei e con la moglie. Questa campionessa, io l'ho vista, è un tipo basso e forte, sempre abbronzata, anche d'inverno. Si muove come una lepre, porta i capelli tagliati cortissimi e tinti di biondo latte. Marta dice che la odia. Ma intanto appena quella le ordina: mi faccia le mani; lei giú, senza fiatare. E non le ha neanche mai ficcato la forbice sotto l'unghia.

Martedí

Romolo insiste che vado a vivere con lui. Gli dico che no. E lui mi fa il muso. Mia suocera finalmente è partita. Il letto fa un odore di piscia secca da togliere il fiato. Mia suocera soffre d'incontinenza e ogni notte le scappa un po' di pipí nel letto. Adesso il materasso è impregnato del suo odore. L'ho tenuto steso al balcone per due giorni, ma niente. Domani lo faccio rifare. Anche se mi costa qualche migliaio di lire, pazienza. L'odore della piscia non mi fa dormire.

Giovedí

Marta mi telefona. Hanno rimandato il viaggio di nozze per via del negozio. Partiranno in agosto. Forse è il momento buono per chiedere a Giorgio che mi prenda al negozio. Domani o dopo lo faccio. Devo prima invitarli a cena una sera da me.

Sabato

Mi sono fatta prestare i soldi dalla vicina di casa. Ho fatto la pasta al forno, lo spezzatino col pomodoro, la zuppa inglese con la crema al limone e vaniglia. Ho comprato anche la sambuca per Marta. In due se la sono bevuta in mezz'ora. Poi Giorgio ha cominciato ad allungare le mani. È un uomo appiccicoso e brutto. Non mi piace. Ma ho fatto finta di niente, per non farmelo nemico. Ho cercato di cacciarli via. Invece niente. Ho capito dove volevano andare a finire. Dentro il letto grande. Lo sapevo. La puzza del materasso, la mia freddezza, non li ferma niente. Giorgio e Marta tutti e due addosso a me. Ho chiuso gli occhi. Ho deciso che lo facevo per avere quel posto. Ma prima gli ho parlato. Gli ho detto se mi prende al negozio a fare la manicure. Lui ha detto sí, sí. E basta. Insomma ci siamo messi a fare l'amore. Dopo un po' mi sono anche scaldata. E sono venuta. Credevo che non ce l'avrei fatta. Poi avevo solo voglia di dormire. Ho fatto uno sforzo per non cacciarli via. Mi sono addormentata abbracciata a Marta; con la bocca sul suo petto nudo.

Domenica

Tano ha perso un altro dente. È stato anche

dieci giorni in infermeria. L'hanno nutrito con le iniezioni. Ha ripreso quattro chili. È tornato in cella. Ha già ricominciato a dimagrire.

Mercoledí

Ho parlato con Giorgio. Gli ho ricordato la promessa dell'altra sera. Mi ha guardata con una faccia idiota. Non ha detto niente. Ma perché? C'è qualcosa che non va? Ma tu il lavoro di manicure non lo sai fare, mi dice. E imparo no? E le mani dove le metti? Con quelle mani non puoi fare la manicure. Allora laverò i capelli. No. Non ho neanche da pagare le due lavoranti che ho. Come faccio?

Domenica

Ho detto a Tano che Giorgio è uno stronzo. Che mi ha rifiutato il lavoro adesso che guadagna bene. Mi domanda se ho portato le sigarette. A lui non gli importa niente altro che delle sigarette.

Febbraio. Mercoledí

Marta mi telefona che vuole invitarmi a cena. Ho detto di no. Ho deciso di non vederli piú. Che vadano a farsi fottere tutti e due.

Giovedí

Sono tornata dal dottore. Questa volta, anche se passava l'ora del permesso, sono rimasta lo stesso ad aspettare. Dopo due ore e un quarto mi hanno fatto entrare. Dice che devo curarmi le mani e i polmoni. Lo so anch'io che devo curarmi, ma come? Mi hanno dato una ricetta e una dichiarazione per la direzione; che mi cambino reparto. Sono andata dal caporeparto con la ricetta e la dichiarazione del medico. Se l'è messa in tasca e buonanotte.

Venerdí

Tunica è malata. Romolo è venuto a sedersi accanto a me. Dice che se non lascio mio marito, non ci viene piú con me.

Domenica

Ho portato tre stecche di sigarette a Tano. E con questo sono finiti i soldi della settimana. Devo ricominciare con i debiti.

Martedí

Ho lasciato Romolo. È diventato troppo scocciante. È arrivata una lettera di mia suocera con cinquemila lire dentro.

Giovedí

Mi hanno cambiato di reparto. Finalmente. Adesso lavoro alla catena di montaggio. Non mi devo chinare, non devo sollevare pesi, non devo mettere le mani dentro gli acidi, non devo respirare vapori velenosi. Ma ripetere gli stessi gesti per cinquemila, diecimila volte fa venire sonno. Non riesco a tenere gli occhi aperti. Certe volte mi addormento a occhi aperti. Le mie braccia continuano a lavorare, ma io dormo.

Venerdí

C'è una accanto a me al montaggio che riesce a mangiarsi dei panini alla mortadella durante il lavoro. Non so come fa. È tanto brava che riesce a fare il lavoro di due mani con una mano sola per piú di trenta secondi di seguito. Con l'altra mano addenta il panino e mastica. In un'ora e mezza riesce a mangiare due panini a piccoli bocconi e rapide masticate. Se io ritiro una mano anche solo per grattarmi il naso, subito mi trovo indietro di quattro movimenti e devo fare una corsa che mi inzuppa di sudore

Domenica

Ho portato tre stecche di sigarette a Tano. Dice che non gli bastano. È diventato giallo e asciutto e rugoso. Non lo riconosco piú.

Martedí

Ne ho trovato un altro. Si chiama Liberio. Lavora in un bar. Ha una lambretta. Sabato andiamo in campagna, me l'ha promesso. L'unica cosa che mi vergogno sono le mani.

Mercoledí

Mi sono comprata un paio di guanti di lana. Liberio dice che se ne frega delle mani. Anche lui ha le mani gonfie di geloni, perché le tiene sempre nell'acqua. Ma le mie fanno schifo. Oltre che gonfie, sono rosse e spelate e tagliate. I tagli non si chiudono e dalle ferite viene fuori un'acquetta trasparente che si consolida in crosticine gialle.

Giovedí

Romolo mi guarda sempre. Parla con Tunica e mi guarda. Io faccio finta di niente. Ogni tanto, quando lui non vede, lo guardo e penso che è proprio un bel ragazzo con quegli occhi celesti e la pelle bianca che gli aderisce alle ossa e quei capelli tutti girati da una parte come una corona. È veramente il piú bello della fabbrica. E un po' mi dispiace di non averlo piú.

Sabato

È la prima volta che mi rimangono diecimila lire intere della paga. Mi sono comprata una crema per le mani, alla vitamina, che mi è costata tremila e duecento lire. Neanche fosse d'oro. Un barattolino piccolissimo. Con duemila lire ho comprato una stecca al mercato nero per Tano.

Domenica

Fra qualche giorno c'è il processo. Pare che devo andare anch'io a testimoniare. Ma che dirò?

Lunedí

Oggi una ragazza che lavora al montaggio con me mi ha detto che Romolo e Tunica si sono fidanzati. Alla mensa erano seduti accanto, come al solito. Lei rideva. E lui parlava fitto fitto sottovoce.

Martedí

Liberio non è molto bello di faccia. Ha il naso rincagnato e gli occhi troppo vicini. Ma il corpo piú bello che io abbia mai visto. E un colore della pelle che sembra resina. Quando suda fa un buon odore un po' acido come di radici schiacciate.

Giovedí

Stamattina il processo. Ho avuto un permesso dalla fabbrica. Mi hanno fatto aspettare cinque ore fuori della porta. Dice che i testimoni non possono entrare in aula. Con me c'erano altre sette persone che parlavano a bassa voce con degli avvocati dai grembiuli neri lunghi fino ai piedi. Alle due e mezza mi hanno chiamato a testimoniare. Avevo una fame che non ci vedevo. Lei è la moglie? Cosa fa, cosa non fa? Dove lavora? Sapeva che suo marito rubava? E perché? E dove e quando? Eccetera eccetera. Mi hanno riempito la testa di domande. Cercavo di vedere Tano, ma non so dove l'avevano messo, non c'era. Poi l'ho visto prima di uscire. Stava proprio dietro di me.

Sabato

Marta mi ha telefonato per chiedere del processo e di Tano. Le ho detto che gli hanno dato quattro anni. Si è messa subito a piangere. Giorgio gli ha strappato il telefono per dire che è una porcheria, che è un'indecenza. Io ho buttato giú il telefono.

Domenica

Tano ha ricominciato a mangiare. Fuma anche di meno. Era contento di vedermi. È la prima volta che lo vedo contento.

Martedí

Ieri sera, verso le nove, che già stavo a letto, è venuto Romolo. Abbiamo fatto l'amore. Ho capito che mi piace ancora.

Mercoledí

Alla mensa. Tunica e Romolo sono sempre vicini e ridono fra di loro. Ma Romolo guarda verso di me. Mi fa un segno con le dita, come a dire ti telefono.

Venerdí

Adesso ne ho due: Romolo e Liberio. Con Liberio vado a ballare e a fare l'amore fuori. Gli ho detto che a casa ho il marito. Romolo viene da me due o tre volte la settimana di sera e rimane tutta la notte.

Domenica

Tano non l'ho potuto vedere perché sta in cella di punizione. Il guardiano mi ha detto che ha fatto delle oscenità. Ma che cosa? Fattelo raccontare da un altro. Ho chiesto in giro. Pare che nella cella dove stava Tano con gli altri è entrato un ragazzo a prendere la roba da lavare e loro gli sono saltati addosso e l'hanno inculato tutti e quattro, a turno. Il ragazzo è andato all'ospedale e loro sono stati chiusi in cella di punizione. Ho lasciato delle sigarette per lui a uno che si chiama Mario e sta nella cella accanto.

Mercoledí

Ieri mi sono addormentata sulla sedia, in fabbrica. Per fortuna la mia vicina, quella che mangia mortadella lavorando con una mano sola, mi ha dato un pizzicotto a torciglione. Ho fatto un salto e mi sono rimessa a lavorare. Ma alcuni pezzi erano già andati addosso alla ragazza che viene dopo di me, la quale ha cominciato a gridare che sono una figlia di puttana. È venuto il caporeparto e mi ha messo la multa.

Giovedí

Liberio dice che devo lasciare mio marito e mettermi a vivere con lui. Ma io mi sono già stufata di lui. È appiccicoso e lagnoso.

Venerdí

Ho lasciato Liberio.

Sabato

La notte non posso dormire per la tosse. Ho cambiato reparto, ma i veleni sono rimasti nei polmoni. Romolo mi aspettava sotto casa. Era allegro. Aveva una camicia nuova, rossa e un paio di calzettoni di lana bianca che mettevano caldo solo a guardarli. Ero cosí stanca che mi sono addormentata abbracciata a lui prima ancora di avere fatto l'amore. E lui mi ha lasciata dormire. Anzi credo che si è addormentato pure lui.

Domenica

Dormito tutto il giorno. Ogni tanto mi svegliavo col telefono che suonava; ma non ho mai risposto. È Liberio che mi cerca. Anche ieri è venuto all'uscita della fabbrica. Romolo l'ha visto e si è infuriato. Ho dovuto inventargli una balla.

Lunedí

Il lunedí fa schifo. Non riesco a svegliarmi. Ho freddo, mi fa male la testa, e solo l'idea della settimana che comincia mi fa vomitare.

Martedí

Non ho piú una lira. Tano è ancora in cella di punizione. Gli ho lasciato delle altre sigarette. La signora accanto mi ha prestato mille lire. Ho comprato delle uova e quattro chili di patate.

Giovedí

Patate e uova. Ne mangio uno al giorno, fritto. Devono durare fino a sabato. Alla mensa, con centocinquanta lire, ho mangiato un piatto di tagliatelle, dure che sembravano di cartone e un bicchiere di birra annacquata. Tunica si è sposata. L'ho saputo ieri da una del reparto montaggio. Si è sposata con un carabiniere, pare. Romolo mangia solo, legge il giornale, mi guarda.

Venerdí

Le uova sono finite. Mangiato patate e brodo di dadi. Ho preso del latte a credito. Devo pagare il sapone in polvere alla drogheria.

Sabato

La paga finalmente. Devo comprare un regalo a Romolo che domani è il suo compleanno. Liberio mi telefona tutti i momenti.

Domenica

Dormito tutto il giorno. Romolo è andato alla partita. La sera mi è venuta voglia di andare a ballare. Quasi quasi telefonavo a Liberio di portarmi con lui da qualche parte. Ma dopo mi si appiccica e chi se lo toglie piú di torno. Però ha un bel corpo. Ieri l'ho visto che mi aspettava all'angolo della strada. È magro e nello stesso tempo pieno, ha il collo lungo, le gambe lunghe e un colore bellissimo, come di caramella d'orzo.

Lunedí

Marta aspetta un bambino. Mi ha telefonato piangendo. Non ho avuto il coraggio di trattarla male. È una cretina. E poi piange sempre. Ma mi ha fatto piacere che ha telefonato. Credo che lei è meglio di Giorgio, il quale è uno stronzo. Se fosse stato per lei, mi avrebbe preso al negozio a fare la manicure.

Giovedí

Liberio è partito per la Germania. Ha accettato un posto di lavoro come camionista. Pare che lo pagano bene. È venuto a salutarmi all'uscita della fabbrica. Sono salita sulla lambretta dietro di lui. Prima di voltare l'angolo ho visto Romolo che usciva e mi guardava con due occhi neri di gelosia. Ho portato Liberio a casa mia. Mi sono fatta raccontare del lavoro nuovo, del viaggio che farà. E intanto lo guardavo. Pensavo questo bel corpo pieno non lo vedrò piú. E mi veniva la voglia di averlo per l'ultima volta. Abbiamo fatto l'amore sul letto, per la prima volta. E cosí l'ho potuto vedere tutto nudo, con la sua pelle di caramella. Di solito, fra i cappotti, le maglie, l'umido della terra, la paura di essere visti, facevamo l'amore in fretta e furia. Questa volta l'abbiamo presa con calma. Ma non sa fare l'amore come Romolo. Ha soltanto quel bel corpo biondo che piú lo guardo e piú lo trovo bello.

Domenica

Adesso Tano gira per la prigione come a casa sua. È allegro: parla in continuazione, fuma di meno, mangia tutto quello che gli danno. Da me vuole soldi, solo soldi. Dice che ci pensa lui a comprarsi le cose. Ha fatto amicizia con uno che lo chiamano Manine perché ha le mani piccole e snodabili come quelle delle scimmie. Si vogliono bene come marito e moglie, mi ha detto. E io? Tu sei la mia moglie di fuori, Manine è la mia moglie di dentro. Ha risposto cosí. E si è messo a ridere. Quando ride storce la bocca per nascondere il buco dei denti che ha perduto.

Martedí

Liberio mi ha scritto una lettera da Amburgo. Dice che fa freddo sotto zero e che i tedeschi sono tutti stronzi.

Mercoledí

Romolo è geloso. Viene tutte le sere a controllare che sono sola. Ogni volta dice che devo andare a vivere con lui. È dimagrito. Sembra uno scheletro. Gli ho detto che continuando cosí perderà la sua bellezza.

Giovedí

Marta è venuta a farmi vedere la pancia. Mi ha preso una mano e se l'è portata sotto la gonna. Senti com'è grossa, senti. A me le donne incinte mi fanno schifo.

Venerdí

Liberio scrive che vive in una stanza con altri otto operai italiani. Dormono sulle cuccette come nei treni. Dice che ancora non ha neanche imparato a dire buongiorno; che il tedesco è una lingua stronza.

Domenica

Tano è ingrassato. È contento. Ride, chiacchiera. Mi chiede soldi. Ma non ho piú niente. Ho speso tutti i soldi della settimana per comprare una giacca di lana imbottita a Romolo. È domenica e mi rimangono solo duemila e settecento lire che mi devono durare fino a sabato.

Marzo. Lunedí

È cominciato un altro mese. Liberio mi scrive che ha trovato una ragazza che si chiama Crista. Che quando fa l'amore con lei pensa a me. Anch'io penso a lui. Al suo corpo di giraffa e al suo odore di fichi secchi.

Giovedí

Ieri mi hanno cambiato di nuovo di reparto. Mi hanno affidato un tornio. Ho messo in moto il motore e trac, mi sono tagliata un dito. Sono svenuta. Mi sono svegliata all'infermeria con una che mi faceva l'iniezione nella vena. Mi hanno dato dieci giorni di riposo. Ma chi se ne frega. Non ho bisogno di riposo, ma del mio dito. Già che con le mani io sono proprio disgraziata. Sempre nuovi guai.

Sabato

Non ho né mangiato né dormito per il dolore. Romolo viene ogni sera. Ma non ho voglia di vedere nessuno. Prendo una montagna di pillole e sono sempre intontita.

Giovedí

Posso scrivere se voglio; ma non ne ho voglia. Non ho voglia di fare niente. Mi è venuta la stufagna.

INDICE

BUR
Periodico settimanale: 13 ottobre 1999
Direttore responsabile: Evaldo Violo
Registr. Trib. di Milano n. 68 del 1°-3-74
Spedizione in abbonamento postale TR edit.
Aut. N. 51804 del 30-7-46 della Direzione PP.TT. di Milano
Finito di stampare nel settembre 1999 presso
il Nuovo Istituto Italiano d'Arti Grafiche - Bergamo
Printed in Italy

BUR
LA SCALA

Altri titoli pubblicati in questa collana

DACIA MARAINI
Donna in guerra

*Vannina, una giovane maestra,
durante una vacanza nel napoletano
si scontra con una realtà, estranea al suo
mondo di gesti abitudinari e passivi,
che la costringe a una lenta e sofferta
presa di coscienza femminile che la porterà,
alla fine, alla decisione di abbandonare
il marito e andare a vivere da sola.
Il racconto è l'occasione, per l'autrice, di
trattare brucianti temi d'attualità:
l'immobilismo della scuola, la violenza delle
istituzioni, la corruzione della cultura
popolare, il tutto visto attraverso
gli occhi di una donna.*

pp. 272, L. 15.000

ROSETTA LOY
Cioccolata da Hanselmann

Anni Trenta: un uomo, un giovane scienziato
ebreo di cui due sorellastre,
Isabella e Margot, sono entrambe
innamorate.
La serenità di un tranquillo rifugio
in Svizzera non riesce a cancellare
gli orrori della guerra
e delle persecuzioni razziali,
né a evitare una violenta ribellione
contro il ricatto,
una scomparsa misteriosa
e un epilogo che è un sorprendente antefatto.

pp. 220, L. 14.000

ISBN 88-17-10631-3